Segredos da ESCATOLOGIA

Como entender os mistérios das revelações do Apocalipse pode te ajudar a alcançar a salvação

Catalogação na Fonte
Elaborado por: Dayanne Leal Souza
Bibliotecária CRB 9/2162

D541s
2025

Dias, Gledson Johnny Claudino
Segredos da escatologia: como entender os mistérios das revelações do apocalipse pode te ajudar a alcançar a salvação / Gledson Johnny Claudino Dias. – 1. ed. – Curitiba: Appris, 2025.
119 p. ; 21 cm.

ISBN 978-65-250-7099-5

1. Teologia. 2. Escatologia. 3. Apocalipse. I. Dias, Gledson Johnny Claudino. II. Título.

CDD – 236

Appris editorial

Editora e Livraria Appris Ltda.
Av. Manoel Ribas, 2265 – Mercês
Curitiba/PR – CEP: 80810-002
Tel. (41) 3156 - 4731
www.editoraappris.com.br

Printed in Brazil
Impresso no Brasil

Gledson Johnny Claudino Dias

Segredos da ESCATOLOGIA

Como entender os mistérios das revelações do Apocalipse pode te ajudar a alcançar a salvação

Sauvé
EDITORA
Curitiba, PR
2025

FICHA TÉCNICA

EDITORIAL	Augusto Coelho Sara C. de Andrade Coelho
COMITÊ EDITORIAL	Angela Cristina Ramos Brasil Delmar Zanatta Junior Edmeire C. Pereira - UFPR Estevão Misael da Silva Marli Caetano
CONSULTOR *AD HOC*	Gilcione Freitas
SUPERVISORA EDITORIAL	Renata C. Lopes
PRODUÇÃO EDITORIAL	Daniela Nazario
REVISÃO	Bruna Fernanda Martins
DIAGRAMAÇÃO	Amélia Lopes
CAPA	Eneo Lage
REVISÃO DE PROVA	Alice Ramos

AGRADECIMENTOS

Agradeço primeiramente a Deus pela infinita misericórdia.

Pela saúde renovada e restaurada todas as manhãs, pelo dom da vida.

Sou grato também à minha família, que nunca deixou de acreditar nos meus sonhos. Em especial minha irmã, Claudia Furgler, e minha mãe, Vicentina Rodrigues, que nos momentos mais difíceis estiveram comigo para motivar e entregar uma dose a mais de ânimo.

Sou grato a Josiane Peres, mulher de Deus, terrivelmente evangélica que o Senhor permitiu passar por minha vida, trazendo entendimento de muitas das coisas espirituais do Reino, e me fazendo compreender sobre princípios e valores cristãos.

Agradeço às minhas filhas, Nayla Vitória Dias Claudino e Maysa Dias Claudino, por me motivarem a deixar este legado em forma de livro por toda minha posteridade.

Agradeço ao ministério Cadeeso e aos seus membros por me aceitarem em comunhão e me acolherem como verdadeiros irmãos em Cristo. O que é ligado na Terra é ligado no céu (Mateus 18:18).

Sou grato à vida do pastor Jean Carlos Ferreira e à sua esposa, Jaqueline, por terem me aconselhado e torcido por mim nos momentos mais delicados de minha caminhada cristã nesse ministério.

Dedico esta obra para todos os cristãos e não cristãos
que buscam meios de entender melhor as sagradas escrituras.

Que tenham dentro de si a chama acesa que insiste
em não se apagar quando o assunto é o Reino de Deus.

Depois de dez meses em propósito de jejum
e oração escrevendo noites adentro, eis que o Espírito Santo
do Senhor nos presenteou, leitor e autor, com esta bela obra.

APRESENTAÇÃO

A escatologia é uma doutrina religiosa e uma área da teologia e filosofia que estuda os eventos que acontecerão antes e depois do fim do mundo, ou seja, o Juízo Final. A palavra escatologia vem do grego *eskatos*, que significa "último", e *logia*, que significa "estudo, tratado e discurso".

A escatologia cristã estuda eventos como:

O retorno de Jesus;

A ressurreição dos mortos;

O arrebatamento;

A grande tribulação;

O milênio, ou mil anos de paz.

A escatologia pode ter um tom apocalíptico e profético, e a ideia de morte e ressurreição é considerada verdadeira. O Apocalipse é uma profecia do Novo Testamento que revela o futuro, mas o Antigo Testamento também contém trechos apocalípticos.

O objetivo de um seminário de escatologia é ajudar os alunos a compreenderem a natureza humana e o seu destino divino.

Porém este maravilhoso registro diante dos teus olhos está voltado a entender dentro da escatologia, principalmente as mensagens destinadas às igrejas do livro escrito por João em Patmos.

Com o auxílio da exegese bíblica e hermenêutica, tento de forma mais profunda, simples e objetiva revelar a REAL intenção de DEUS ao inspirar o apóstolo a escrever a estes destinatários, as sete igrejas: Éfeso, Esmirna, Pérgamo, Tiatira, Sardes, Filadélfia, Laodiceia.

SUMÁRIO

BOAS-VINDAS AO LEITOR DE *SEGREDOS DA ESCATOLOGIA*

Olá, querido leitor!

É com um imenso prazer que lhe dou as boas-vindas a esta obra que se propõe a ser um guia profundo e esclarecedor sobre os segredos da escatologia, um tema que provoca reflexões, questionamentos e, muitas vezes, uma verdadeira metamorfose interna nos indivíduos. Neste livro, você encontrará um convite à introspecção e à construção de um entendimento mais profundo sobre as revelações apocalípticas que moldam nossa jornada espiritual.

A escatologia, o estudo dos últimos eventos e do destino final da humanidade segundo as Escrituras, é muito mais do que uma curiosidade teológica; é um convite para mergulhar nas profundezas da condição humana. Ao longo dos capítulos que seguem, nos debruçaremos sobre as lições que o Apocalipse nos oferece, compreendendo como enfrentar tribulações, cultivar a esperança em meio à crise e entender a luta constante entre o bem e o mal. Cada página deste livro foi cuidadosamente elaborada para guiar você em uma jornada de descoberta, oferecendo *insights* e aplicações práticas que podem transformar sua forma de ver o mundo.

No primeiro capítulo, abordaremos a importância das provações. Muitas vezes, as dificuldades são vistas como obstáculos, mas esta obra propõe uma nova perspectiva: e se esses momentos de crise forem, na verdade, oportunidades valiosas para o crescimento espiritual e fortalecimento da fé? Aqui, você encontrará histórias edificantes que exemplificam como os desafios podem moldar nosso caráter e nos preparar para um futuro mais promissor. A resiliência não é apenas uma palavra, mas uma prática cotidiana.

Conforme avançamos, refletiremos sobre a esperança em momentos de crise, baseada nos ensinamentos apocalípticos. Como aplicar esses conhecimentos nas situações difíceis que enfrentamos no dia a dia? Por meio de exemplos concretos, diremos como a fé pode ser uma luz em meio à escuridão e como práticas espirituais nos ajudam a fortalecer a esperança, mesmo quando tudo parecer perdido.

Ainda na jornada, mergulharemos na batalha espiritual que se trava entre o bem e o mal. Teremos a oportunidade de entender melhor as forças que influenciam nossas vidas, refletindo sobre o poder das escolhas que fazemos e sua importância em tempos de incerteza. Depois disso, abordaremos as diversas interpretações escatológicas ao longo da história, encorajando você a explorar diferentes perspectivas e descobrir como essas visões podem se aplicar ao contexto contemporâneo.

Ao longo da obra, promoveremos um chamado à ação, um convite à transformação, à vida prática geograficamente iluminada pelas Revelações. Aqui, você encontrará exemplos do dia a dia que incentivam não apenas a prática espiritual, mas também o compromisso social e ético do cristão em um mundo que carece urgentemente de valores e integridade.

Por fim, o foco no futuro e nas promessas divinas que aguardam aqueles que perseveram em fé será reformulado de forma a fornecer uma visão esperançosa. Vamos refletir sobre a nossa esperança e seu impacto nas soluções e atitudes que tomamos no presente. Em cada capítulo, faremos um paralelo entre as promessas de um futuro glorioso e as ações que devemos cultivar no nosso cotidiano.

Ao encerrar esta jornada, faremos uma síntese das lições aprendidas, sempre com um olhar voltado para a confiança em

Deus, mesmo quando nos deparamos com o desconhecido. Convido você a não apenas ler, mas vivenciar cada um dos ensinamentos aqui apresentados, e que eles possam perscrutar sua alma, inspirando você a trilhar um caminho de fé e sabedoria.

Espero que você encontre neste livro conforto, crescimento e, acima de tudo, um renovado entendimento acerca das realidades eternas que nos rodeiam. Mantenha sempre a mente e o coração abertos.

Desejo a você uma leitura rica e transformadora.

O autor

Capítulo 1

Introdução às Revelações dos Últimos Tempos

Começamos nossa jornada ao explorar um dos textos mais valiosos e enigmáticos da Bíblia: o Livro do Apocalipse. Sua autoria é atribuída ao apóstolo João, que, em uma ilha chamada Patmos, revelou profundas visões sobre os últimos tempos e a eventual consumação de todas as coisas. Mas não se engane, o Apocalipse não é apenas uma crônica de desastres e calamidades iminentes. É, em essência, um livro de revelação – uma palavra que, em sua raiz etimológica, significa "desvelamento". João nos oferece um olhar penetrante sobre a realidade espiritual que existe além de nossa percepção cotidiana.

A situação da igreja primitiva, à qual João se dirigia, era marcada por perseguições, martírios, julgamentos levianos, traições, incertezas e um profundo desejo de esperança. O Apocalipse, nesse contexto, não é somente uma advertência, mas um convite ao encorajamento, à perseverança e à fé inabalável diante das adversidades. Os cristãos daquela época enfrentavam ameaças não só de governos opressivos, mas também de uma cultura que desprezava seus valores. Portanto, a mensagem do Apocalipse ecoa ainda fortemente hoje, lembrando-nos da luta existencial entre a luz e a escuridão.

Ao falarmos sobre o significado de Apocalipse, é importante esclarecer: a palavra em grego, "*apokalupsis*", refere-se a uma revelação ou desvelamento. É a forma do Divino de nos falar e nos mostrar a história não apenas em sua superfície, mas em suas profundezas. Neste livro, exploraremos como as revelações de João trazem luz a verdades que muitos ainda ignoram e nos conduzem a um entendimento mais profundo do nosso papel neste mundo cheio de desafios.

Ao avançarmos, falaremos sobre escatologia, esse campo da teologia que estuda os últimos eventos da história humana conforme descrito nas Escrituras. E aqui, não estamos apenas lidando com especulações místicas. A escatologia é uma parte crucial da nossa fé, pois nos ajuda a entender que nossas ações no presente têm repercussões no futuro. A expectativa da vinda do Reino de Deus, a justiça e a redenção estão entre os pilares dessa visão escatológica. Assim, ao compreendermos os princípios que regem as revelações futuras, podemos, com mais confiança, viver de acordo com os valores cristãos que nos foram ensinados.

Os alicerces da fé em momentos tumultuados são benéficos para a transformação do caráter dos crentes. O Apocalipse encoraja uma vida de resiliência, um chamado à vigilância e um convite à esperança. Portanto, lembre-se de que esta não é apenas uma exposição dos eventos futuros; é uma promessa de restauração e renovação. Cada revelação contida aqui deve ser vista como uma ferramenta que fortalece nossa jornada, equipando-nos para os desafios que virão.

Com essa base, nos preparamos para mergulhar profundamente em cada aspecto revelado nas escrituras, confiantes de que as verdades contidas nelas ainda falam poderosamente aos nossos dias e à nossa existência. A aventura de desvendar as verdades eternas do Apocalipse começa agora, e várias lições aguardam aqueles que estão dispostos a ouvir.

Prosseguindo com a discussão sobre a estrutura e os temas centrais do Apocalipse, é essencial notar que este livro não é meramente uma coletânea de visões escatológicas desconectadas; ele possui uma arquitetura meticulosa, em que cada seção revela algo vital sobre a nossa fé e a realidade espiritual. O Apocalipse é dividido em partes distintas, a saber: as cartas às sete igrejas, os julgamentos e as visões finais que se seguem, cada uma contribuindo de maneira crucial para a mensagem global que o autor, João, deseja transmitir.

As cartas às sete igrejas, que compõem os capítulos iniciais, são uma forma direta de diálogo entre o autor e as comunidades cristãs da época. Essas mensagens são profundamente relevantes, refletindo os desafios espirituais que essas igrejas enfrentavam. João não apenas exorta as igrejas a se alinharem com a vontade de Deus, mas também oferece promessas de vitória e recompensa para aqueles que superarem as dificuldades. Quando nos confrontamos com as mensagens de fé e arrependimento contidas nelas, somos lembrados de que os princípios de perseverança e lealdade a Deus transcendem os tempos.

Na sequência, encontramos os julgamentos apocalípticos – uma série de catástrofes que desvendam a tensão entre o bem e o mal. Por meio de imagens poderosas e simbólicas, João nos apresenta a batalha cósmica entre as forças malignas e a soberania de Deus. É essencial aqui notar que, apesar da intensidade e da gravidade dos desastres relatados, essa parte do Apocalipse prepara o cenário para a grande redenção que se seguirá. Essa oposição entre o céu e a terra, entre luz e trevas, reflete a constante luta que vemos na vida cotidiana de cada crente. Compreender isso nos leva a perceber que, mesmo nas crises mais profundas, Deus está no controle, fulgurante como um farol em meio à tempestade.

Por fim, João nos leva por meio de visões que selam as promessas de Deus, a nova criação, a nova Jerusalém. É nele que encontramos a resposta final às ansiedades e às incertezas que permeiam a humanidade: a certeza de que, no final, o bem prevalecerá. As visões do novo céu e da nova terra são uma gloriosa lembrança de que a história não termina em derrotas, mas em triunfos, em que Deus habitará com Seu povo eternamente. Essas visões não são meras esperanças etéreas, mas garantias cimentadas na palavra de Deus que nos anima e nos encoraja a viver de acordo com esses valores mesmo em meio à adversidade.

Assim, os temas centrais do Apocalipse, a luta entre o bem e o mal, a soberania de Deus, o chamado à perseverança e a esperança de restauração, criam uma estrutura robusta que não apenas ensina, mas também transforma. Essas revelações têm a capacidade de ressoar em nossas vidas diárias, impulsionando-nos a sermos testemunhas fiéis e atuantes em um mundo que muitas vezes parece desprovido de esperança.

A caminhada pela compreensão das revelações do Apocalipse, portanto, é um convite à reflexão e à ação. Ao reconhecermos a integração entre a mensagem histórica e as lições vitais para nossa vida presente, podemos nos engajar plenamente nessa luta eterna, confiantes de que em Cristo somos mais que vencedores.

A revelação das verdades divinas, assim como apontado nas escrituras, ultrapassa a mera leitura textual. Ela se revela na experiência pessoal e coletiva dos crentes. Ao meditarmos nas mensagens do Apocalipse, percebemos que cada passagem, cada símbolo, carrega consigo um convite à transformação. Essa é uma realidade palpável, capaz de moldar não só a nossa compreensão do que está por vir, mas também o nosso modo de viver no presente.

Para o cristão, crer nas revelações contidas no Apocalipse não é um exercício de futurologia, mas uma âncora para a alma em tempos de incerteza. Frequentemente, encontramos parcerias de vidas atrás de um propósito maior que um mero desejo de escapar da dor ou do sofrimento. Quando João escreve para as igrejas, ele apela a uma realidade espiritual que deve permeá-las, uma realidade que deve ser um guia diante das dificuldades.

O desafio, então, é constante: como permanecer firmes em meio à tempestade? Como encontrar o conforto nas palavras escritas há séculos, que parecem tão distantes de nossa realidade? A resposta está na identificação e na prática dos ensinamentos presentes nas revelações. É um convite ao leitor para não apenas estudar, mas viver essas verdades, aplicando-as em cada aspecto de sua vida.

É importante considerar que a esperança oferecida nas cartas e nas visões é um olhar atento para o futuro que se volta para o agora. O componente espera não é passivo, mas ativo. Ele impulsiona uma mudança interior. Quando nos deparamos com a escuridão, o Apocalipse propõe uma luz radiante, um chamado para ser farol em meio às trevas. A promessa de um futuro de redenção não deve apenas nos fazer sonhar; ela deve nos incitar à ação.

Imaginar um novo céu e uma nova terra não deve ser apenas uma inspiração distante, mas a visão que modela nossa ética, nossa prática e nossa fé cotidiana. As palavras de João não devem ser uma curiosidade, mas um canal efetivo pelo qual encontramos significado profundo em nossas alegrias, tristezas e ansiedades.

Além disso, a revelação é também um lembrete de que cada um de nós carrega uma parte dessa história. A nossa persuasão e a nossa voz são tão importantes quanto as visões apocalípticas. Não estamos apenas lendo um roteiro; somos personagens ativos, engajados na narrativa divina que se desenrola. O Apocalipse chamará cada um a ser protagonista, não meros expectadores na plateia da vida.

Neste ponto, convido você, caro leitor, a refletir sobre como cada uma dessas revelações pode impactar sua vida hoje. Como as promessas de João falam a você no contexto atual? O que você pode fazer, hoje, para viver essa esperança? Como sua vida pode refletir a luz que Cristo nos oferece? Essa é a essência da revelação, tornar real o que é eterno, moldando nossa jornada com a certeza de que, no final, o bem prevalece.

Ao prosseguirmos, lembremo-nos de que cada capítulo de nossa história é escrito com os ensinamentos das escrituras. Cada revelação é um passo em direção a algo mais significativo. Cada transformação interna que ocorreu por meio da compreensão do Apocalipse não só nos prepara para o futuro, mas também nos transfigura agora, empenhando seus efeitos na eternidade que já está brotando dentro de nós.

Por isso, encorajo você a entrar neste laboratório espiritual, em que a luz do Apocalipse instiga questionamentos profundos e emocionais, trazendo desafios que muitas vezes somos obrigados a enfrentar. As revelações não são simplesmente fatos; são convites a uma jornada de transformação contínua, na qual a nossa resposta em fé será, sem dúvida, o catalisador para a caminhada de todos nós.

À medida que nos aprofundamos nesta fascinante jornada mediante as revelações do Apocalipse, é imprescindível que preparemos o coração para as verdades que aguardarão na próxima etapa. As páginas que se seguem não são apenas um convite à leitura reflexiva; são um clamor por transformação. Que cada palavra escrita retire um pouco do véu que cobre a realidade espiritual, permitindo que a luz da Palavra de Deus ilumine nosso entendimento e direção.

Este é o momento em que o entendimento se transforma em ação. Não se trata apenas de reconhecer os eventos futuros que João previu, mas de aplicá-los em nosso cotidiano. O Apocalipse nos exorta a refletir sobre a nossa postura perante os desafios, chamadas para vigiar e orar em um mundo que muitas vezes está atulhado de incertezas e ansiedade. Precisamos entender que a mensagem do Apocalipse é tanto profética quanto prática; é uma instigação a levar uma vida que reflita os valores do Reino, moldando assim nosso caráter e ações no presente.

Antes de nos lançarmos nas cartas às sete igrejas, lembremos que cada uma delas carrega a essência da luta da igreja primitiva. O amor, a dor, a rejeição e a esperança estão entrelaçados nas mensagens que se dirigem a essas comunidades. João, sob a inspiração do Espírito Santo, acaba nos levando a um espaço de introspecção e arrependimento, em que o verdadeiro discípulo deve se encontrar diante de Deus. Cabe a nós desnudarmos nossas fragilidades e buscar uma maturidade espiritual que se expresse na prática do amor e da obediência.

Portanto, ao prosseguirmos, convido você, caro leitor, a não apenas observar, mas participar ativamente dessa experiência transformadora. Mantenha um diário de *insights* enquanto lê. Medite nas mensagens escritas e veja como elas chamam você para uma mudança. Que cada revelação do Apocalipse seja uma guia na sua jornada, tanto no entendimento das promessas futuras quanto na vivência de práticas que honrem a Deus na sua vida hoje.

Além disso, não podemos ignorar a responsabilidade que nos foi conferida ao compreender essas verdades. A revelação não é um fardo, mas uma oportunidade de testemunhar a glória de Deus em nossa vida diária. Transformemos essas promessas e alertas em atos de fé, permitindo que a esperança da nova criação molde nosso comportamento, nossas interações e tudo o que fazemos. Com essa disposição de coração, estamos prontos para a aventura de explorar as profundas verdades do Apocalipse e, ao mesmo tempo, fortalecer nosso caminhar de fé.

Capítulo 2

A Importância da Perseverança na Fé

Entendendo a Perseverança

A perseverança, frequentemente mencionada nas escrituras, é uma virtude fundamental na vida de qualquer cristão. É a capacidade de persistir, de continuar avançando, mesmo diante dos desafios que parecem insuperáveis. A palavra "perseverança" deriva do latim "*perseverantia*", que significa "diligência". No contexto bíblico, isso reflete a ideia de uma fé que se mantém firme, inabalável, durante as adversidades.

Na Bíblia, somos convidados a cultivar uma fé resiliente, uma fé que não se abala em tempos de crise. Essa perseverança é como um músculo: quanto mais a exercitamos, mais forte ela se torna. Ao passarmos por provações, não devemos vê-las apenas como obstáculos, mas sim como oportunidades para crescer e nos aproximar de Deus. Assim como um atleta que fica mais forte após cada treino, nós, a partir das dificuldades, nos tornamos mais robustos em nossa caminhada de fé.

Atualmente, a cultura contemporânea muitas vezes enfatiza a gratificação instantânea e a facilidade. Estamos cercados de mensagens que promovem a ideia de que tudo deve acontecer rapidamente e sem esforço. Essa mentalidade pode facilmente nos influenciar, fazendo-nos acreditar que o que vale a pena não exige sacrifício ou perseverança. Porém, é fundamental que compreendamos que a vida espiritual não opera dessa forma. As penúrias que enfrentamos podem ser vistas como carícias de Deus, desafiando-nos a superar os limites de nossa fé.

Quando olhamos para os exemplos de perseverança presentes nas Escrituras, somos confrontados com diversas figuras que enfrentaram grandes adversidades, como Jó, que, mesmo em meio ao sofrimento, manteve sua fé. Sua história ressoa com a promessa de que a perseverança produz caráter e, por conseguinte, esperança. Essa esperança não é apenas um sentimento passageiro, é uma expectativa firme da ação de Deus em nossas vidas, um lembrete de que Ele está conosco em todas as circunstâncias.

Portanto, à medida que avançamos neste capítulo, que possamos abrir nossos corações para considerar como a perseverança se manifesta em nossas vidas e nos prepara para trazer à tona o melhor de nós mesmos, ainda que nas situações mais desafiadoras. Que possamos nos inspirar em personagens bíblicos, bem como na vida de muitos cristãos contemporâneos, que continuam a lutar suas batalhas com fé e coragem, reforçando que a perseverança é verdadeiramente um pilar essencial em nossa caminhada.

O papel das provações na vida cristã não pode ser subestimado, especialmente quando considerado à luz das revelações do Apocalipse. Muitas vezes, somos levados a crer que a vida de fé deve ser livre de dificuldades, mas a realidade é bem diferente. O próprio Jesus nos deixou o recado em seu evangelho, segundo escreveu João 16:33: "Eu disse essas coisas para que em mim vocês tenham paz. Neste mundo vocês terão aflições; Contudo, tenham Bom ânimo! Eu venci o mundo". As provações fazem parte da jornada de cada cristão, não como castigos, mas como instrumentos divinos que visam moldar nosso caráter e nos aproximar de Deus.

As escrituras estão repletas de histórias que evidenciam como os desafios podem ser verdadeiros catalisadores de crescimento espiritual. No Apocalipse, por exemplo, encontramos mensagens que falam diretamente sobre a resistência em meio às dificuldades. Entre as cartas às sete igrejas, muitas indicam a realidade de perseguições, torturas e provações severas. Contudo, meter-se em desafios espirituais não é algo só da antiguidade; continua sendo relevante nos dias de hoje.

Pensemos nas dores pelas quais os fiéis passaram desde a Igreja primitiva enfrentando torturas e martírios até aqueles que, contemporaneamente, testemunham suas experiências, sendo incompreendidos ou rejeitados por sua fé. Cada situação adversa que esses indivíduos vivenciam é um terreno fértil para que Deus trabalhe. Nesses momentos, sua força é testada, e muitos têm histórias que mostram como essa resistência trouxe um panorama mais amplo sobre a fidelidade e o amor de Deus. Por exemplo, se olharmos profundamente a vida de Jó, ele não só perdeu tudo, mas também teve sua fé desafiada de várias formas. No entanto, em sua perseverança, Jó tornou-se um exemplo eterno de como o sofrimento pode engrandecer nosso relacionamento com o Criador.

As dificuldades que encaramos, obrigatoriamente, não são meramente processos punitivos. Para o cristão, elas podem ser vistas como oportunidades que nos fazem aprofundar nossas raízes espirituais. Quando nos deparamos com momentos de crise, sejam eles emocionais, físicos ou espirituais, são essas experiências que podem forjar nossos valores, intensificar nossa determinação e nos ensinar a verdade sobre a dependência que temos de Deus.

Assim, quando olhamos para as provações na perspectiva das escrituras, percebemos que elas atuam como ferramentas de aperfeiçoamento. O sofrimento e a aflição geram uma esperança renovada, fundamentada em promessas. Em certa medida, é no meio da tempestade que vemos o verdadeiro caráter de nossa fé emergir. É por meio dessas provações que nos tornamos capazes de correr, mesmo quando tudo ao nosso redor parece querer nos desacelerar.

Nos próximos parágrafos, nos aprofundaremos em como essas provações podem ser vistas sob uma nova luz, desvendando a essência de um caráter moldado pela luta. Veremos que, além da dor, existe um propósito claro em todas as situações difíceis que enfrentamos. É o convite para olhar além das dificuldades e captar o plano divino que se desdobra em cada um de nossos desafios.

Portanto, guardar em nossos corações essa perspectiva sobre as provações é reverberar com esperança e fé. Ao enfrentarmos crises, lembremo-nos de que cada momento de dor é, na verdade, uma semente plantada que levará a uma colheita gloriosa no tempo certo. Que possamos aprender a dançar com a adversidade, crendo que, ao final, ela será nossa professora mais valiosa, sendo o elo que nos liga a um entendimento mais profundo da soberania e do amor de Deus, que nunca falha e sempre está a nosso favor.

Aprendendo com a Igreja Primitiva

Ao olharmos para a vivência da Igreja Primitiva, somos transportados para um tempo em que os cristãos enfrentavam uma tempestade de desafios. A perseguição era uma constante, e a fé era frequentemente posta à prova em cenários que hoje podemos apenas imaginar. Daniel na cova dos leões, Paulo e Silas na prisão, os hebreus Sadraque, Mesaque e Abednego, lançados na fornalha, a mulher do fluxo de sangue, que sofreu por 12 anos de uma enfermidade e ninguém conseguia curá-la. Entretanto, esses homens e mulheres não apenas sobreviveram; eles floresceram, buscando maneiras de manter o fervor espiritual vivo em meio à adversidade. Essa demonstração de fé inabalável nos ensina que a perseverança não é apenas uma virtude, mas uma necessidade vital em nosso caminhar com Deus.

Os relatos de líderes da fé daquela época, como Pedro e Paulo, são verdadeiros testemunhos da importância da perseverança. Ao receberem cartas de encorajamento e admoestação, é evidente que as palavras de João e dos apóstolos tinham um profundo impacto. Nessas missivas, encontramos mensagens de esperança e força, como um oxigênio espiritual que preenchia os pulmões de uma Igreja sufocada pela dor e pelo desespero. As palavras que circulavam entre as comunidades em tempos de crise ressaltavam a solidão e a resiliência, mostrando que, em união, poderiam enfrentar os ventos mais tempestuosos.

Os escritos do Novo Testamento, especialmente os do Apóstolo Paulo, enfatizam frequentemente a ideia de que as dificuldades servem como prova de fé. Em 2 Coríntios 4:16-18, ele nos lembra de que "não desanimemos", pois as nossas tribulações momentâneas produzem um peso eterno de glória. Essa perspectiva revolucionária convida os crentes a verem suas tribulações sob uma luz diferente, não como meros fardos, mas como veículos de crescimento.

Além disso, as experiências da Igreja Primitiva expõem uma verdade poderosa: a perseverança é frequentemente alimentada por um apoio mútuo. As comunidades se reuniam para orar, compartilhar e encorajar-se umas às outras. Cada encontro, cada partilha de pão, era um lembrete tangível de que não estavam sozinhos. O corpo de Cristo, unido pela fé e pelo Espírito Santo, criava um ambiente propício para a resiliência, em que a solidariedade se tornava uma defesa contra a desesperança. Ser parte de uma comunidade assim é um dom poderoso; é como estar amparado por uma rede sólida que nos prende quando a vida tenta nos arremessar ao chão.

Quando analisamos as cartas do Apocalipse, observamos que, mesmo nas condições mais adversas, essas igrejas eram encorajadas a manterem suas lâmpadas acesas. A mensagem de cada uma das cartas às sete igrejas era clara: a perseverança seria recompensada; "Ao vencedor, dar-lhe-ei..." (Apocalipse 3:21, Apocalipse 2:7). Esse incentivo, repleto de promessas, fala não só para aqueles que viveram no primeiro século, mas também nos sussurra ao coração nos dias de hoje.

Nós, que vivemos em um mundo repleto de incertezas e desafios, também somos chamados a manter a fé. Nas pequenas coisas do dia a dia, nas lutas familiares, nas incertezas profissionais ou nas dúvidas existenciais devemos olhar para a história da Igreja Primitiva e aprender com seu exemplo. O testemunho daquela comunidade é uma força viva que encerra em si a esperança de que não estamos sozinhos nessa jornada.

Como podemos, então, aplicar essas lições à nossa vida cotidiana? Um primeiro passo é cultivar relacionamentos com aquelas pessoas que nos estimulam a progredir em nossas vidas espirituais. Devemos buscar a companhia de outras pessoas que compartilham da mesma fé, a fim de encorajarmo-nos mutuamente. Essa prática torna-se um antídoto poderoso contra o isolamento que nos ameaça em tempos difíceis.

Ademais, ao meditar sobre os passos da Igreja Primitiva e a perseverança manifestada, somos levados a questionar nossas próprias reações diante das adversidades. Ao invés de desistir, que tal levar à prática a coragem de permanecer firme? Se, em momentos de pressão, permanecermos focados nas promessas de Deus, encontraremos a paz em meio à tempestade.

Por fim, devemos lembrar que a perseverança não é uma corrida de velocidade, mas uma maratona. Tolera-se cansaço e dor, mas a linha de chegada exige fé inabalável e esperança incansável. Que a sabedoria da Igreja Primitiva nos inspire e nos fortaleça a continuar avançando na caminhada cristã, com a certeza de que nossas lutas, apesar de pesadas, estão muito longe de definir nossa vitória. É em cada luta que revelamos quem somos; é em cada desafio que reafirmamos que, em Cristo, somos mais que vencedores.

Cultivando a perseverança hoje

À medida que caminhamos na jornada da fé, a pergunta central que devemos fazer a nós mesmos é: como cultivamos a perseverança em nosso cotidiano? A resposta pode não ser simples, mas é profundamente prática. A perseverança não é apenas uma qualidade a ser admirada; é uma habilidade que devemos intencionalmente desenvolver.

Uma prática que muitos cristãos têm encontrado valiosa é a oração diária. O diálogo constante com Deus não apenas solidifica nossa fé, mas também nos encoraja a persistir diante das provações. Assim como uma árvore que se fortalece com as tempestades, nossos corações se firmam nas promessas divinas por meio da oração. Ao nos conectarmos com o Criador, encontramos conforto e coragem para enfrentar os desafios mais imposições.

Mas a oração deve ser acompanhada de leitura das Escrituras. A Bíblia é um manancial de sabedoria e encorajamento. Quando meditamos sobre as palavras de Deus, encontramos histórias que se conectam com nossas lutas atuais. Atos de fé descritos em 1 Coríntios ou perseverança em Hebreus nos asseguram que, assim como os protagonistas e heroínas da fé passaram por tribulações, nós também podemos triunfar. Ao alimentar nossas almas com esses ensinamentos, criamos um contato ativo que impulsiona nossa ação.

Outro aspecto fundamental é a comunhão com a comunidade de fé. A Igreja primitiva não se limita à adoração; ela prosperou em comunhão. Quando reunidos, os crentes compartilham seus desafios e testemunhos, encorajando-se mutuamente. Na presença de amigos que lutam pelas mesmas metas espirituais, a força está na coletividade. Promover grupos de estudo bíblico, orações ou até simples encontros para conversar sobre a fé pode ser um impulso vital para nosso crescimento.

Ao enfrentarmos desafios que ameaçam nos derrubar, é fácil perder a esperança e acreditar que estamos sozinhos. Entretanto, a beleza da jornada cristã é que somos todos membros do mesmo corpo, e cada parte tem um papel crucial na edificação da outra. Reflita: existem pessoas ao seu redor que podem beneficiar-se do seu encorajamento, assim como você pode precisar do apoio delas.

Por último, não devemos subestimar a importância do autocuidado. Cuidar de nossa saúde física e emocional molda nossa resiliência. Solidão, estresse e doenças podem minar nossa capacidade de perseverar. Quando nos alimentamos bem, dormimos o suficiente e nos exercitamos, permitimos que nosso corpo e mente funcionem em harmonia, atuando como farol de esperança mesmo em meio à tempestade.

Assim, ao abordarmos a fé com uma mentalidade de perseverança, devemos estar sempre abertos a ajustes e melhorias.

Pergunte-se: onde posso melhorar? Que hábitos negativos estão me impedindo de avançar? Quais novos hábitos podem ser incorporados em minha rotina que me ajudem a fortalecer minha caminhada de fé? Cada resposta é um passo em direção a um compromisso renovado de viver de acordo com os princípios do Reino, buscando glorificar a Deus em cada aspecto da vida.

A perseverança não é opção; é uma necessidade. O Apocalipse não nos apresenta apenas um futuro glorioso, mas um convite a participar ativamente da transformação que Deus está realizando no presente, com coragem e fé inabalável. É, portanto, nosso convite a acordar com a determinação de ser luz em meio à escuridão, sabendo que é em Cristo que encontramos a força para continuar.

Capítulo 3

As Cartas às Sete Igrejas – Um Chamado à Vigilância e à Fé

O ambiente em que as comunidades cristãs surgiram, quando refletimos sobre as cartas escritas a elas, revela-nos um quadro desafiador, mas, ao mesmo tempo, riquíssimo. Arrisquemo-nos a considerar o pulsar do coração dessas igrejas, verdadeiros núcleos de fé vibrante, em meio à opressão do Império Romano. Cada uma delas se destacava não apenas por sua luta por reconhecimento, mas também por seu enraizamento em uma cultura pluralista e muitas vezes hostil à mensagem do Evangelho.

As cidades onde essas igrejas estavam inseridas, como Éfeso, Esmirna, e Filadélfia, eram fervilhantes de comércio e de diversidade. No entanto, essa diversidade frequentemente se apresentava como um teste à fé cristã. A competitividade das práticas religiosas oferecidas pelos cultos pagãos e a pressão por conformidade muitas vezes desafiavam a fé dos crentes. Assim, as cartas não apenas alertavam, mas consignavam esperança, encorajando cada membro da comunidade a permanecer firme, a sustentar sua identidade em Cristo, mesmo quando cada fibra de seu ser clamava para se misturar com a cultura ao redor.

Analisando as dificuldades de cada igreja, percebemos um fio comum que as unia: a luta persistente contra a apatia e a desilusão. Éfeso, a cidade do amor esquecido; Sardes, conhecida por sua aparente vitalidade, mas espiritualmente moribunda. Cada mensagem enviada por João ressoava como um eco de desafio e amor de Deus, convocando essas comunidades a se levantarem em fé, reavivando sua paixão e compromisso com o Evangelho.

Não devemos esquecer que essas cartas são mais do que meros registros históricos; elas são hinos de encorajamento e correção, oferecido em tempos de adversidade. Cada uma das reivindicações e promessas contidas nelas nos falam do coração de Deus, que deseja um relacionamento íntimo conosco, mesmo que enfrentemos a tortura e a separação de nossas próprias realidades. As cartas se tornaram fechos, apoio e consolo, não apenas para os primórdios do cristianismo, mas para os cristãos dos dias atuais, que também os veem refletidos em suas próprias lutas.

Portanto, à medida que nos aprofundamos nesta viagem por meio das cartas, seremos capacitados a divisar a esperança nas promessas divinas que ainda se erguem poderosas em meio ao desespero. E quem sabe, ao olharmos para a perseverança das sete igrejas, possamos sentir a movimentação do Espírito Santo em nossos próprios corações, desafiados a desenvolver uma fé viva e vibrante, pronta para enfrentar os desafios do nosso tempo.

Sejamos como os primeiros cristãos, dispostos a escutar a voz de nossa liderança, atentos às advertências que vêm de Deus, firmes em nosso arraigamento nas verdades que nos foram entregues. Afinal, em um mundo que sempre clamará por seus próprios deuses, somos chamados a ser portadores da luz eterna. Assim se inicia nosso estudo profundo sobre as cartas, com a certeza de que, mediante a atenção a essas mensagens, encontramos não apenas advertências, mas convites a mergulhar no mar da fé viva e atuante.

As cartas direcionadas às sete igrejas revelam mensagens profundas e específicas, cada uma carregando um tesouro único de ensinamentos e convites à reflexão. Neste capítulo, exploraremos as mensagens particulares de cada uma dessas comunidades, começando por Éfeso.

A Igreja de Éfeso, conhecida por sua diligência, se via em um dilema. Mesmo com sua atividade frenética e o zelo nas boas obras, havia um alerta grave. O amor que um dia ardeu intensamente parecia agora uma chama fraca. É como uma canção que, embora ainda ressoe, já não provoca a mesma emoção. A mensagem aqui é um convite poderoso (Apocalipse 2:5): "Lembre-se de onde caíste; arrependa-se e pratique as primeiras obras". Essa não é uma simples chamada, mas uma convocação a restaurar a paixão e o primeiro amor. O que dizer de nós hoje? Estamos nos limitando a atividades, sem nutrir a conexão profunda com o Senhor? Cada um de nós é chamado a reavivar a chama do amor a Cristo em nossos corações.

Em seguida, chegamos à Igreja de Esmirna, que enfrentava a dura realidade da perseguição. Sem um elogio evidente por suas práticas, essa comunidade sentia o peso da opressão e da tribulação. Ao invés de uma crítica, a mensagem aqui é de esperança. É um encorajamento em meio à dor. "Não temas as coisas que hão de padecer" (Apocalipse 2:10), diz Jesus, prometendo não apenas alívio, mas uma coroa de vida aos que permanecerem fiéis. Como lidamos com nossas próprias tribulações? Essa carta nos desafia a encontrar força no sofrimento e a reconhecer que a perseverança na adversidade é, na verdade, uma forma de glorificação da fé.

Ao nos depararmos com a Igreja de Pérgamo, encaramos a luta contra os compromissos espirituais. Ela se encontrava na encruzilhada entre a resistência e a assimilação. As doutrinas dos pagãos permeavam sua cultura, e existia um chamado à pureza entre as influências externas. A advertência ressoa clara: a necessidade de se manter firme na verdade, mesmo que isso signifique abster as nossas vontades em um mundo cheio de permissões. Como podemos aplicar isso hoje? A luta contra a cultura do "sim" fácil e diária, e nos é pedido que façamos escolhas ativas em nossa fé.

Continuamos nossa jornada com a Igreja de Tiatira. Aqui, a tolerância espiritual se torna uma fraude perigosa. A mensagem alertadora sobre as falsas doutrinas confronta a suavidade da complacência. Ao escutarmos, somos levados a refletir: qual é a verdade que frequentemente ignoramos em nome da paz? Quais são as doutrinas que podem estar se infiltrando em nossas próprias vidas? A vigilância é a chave, e o cristão é chamado a discernir e a se recusar a se acomodar no conforto do erro.

A Igreja de Sardes, conhecida por sua aparência de vida, na verdade, estava morta. Um amor morno e uma fé superficial criavam um ambiente propenso à estagnação. A mensagem poderosa diz: "Desperte!" (Apocalipse 3:2). Essa é uma pedra de toque para cada um de nós, quanto tempo passamos vivendo como se estivéssemos acordados, quando, na verdade, nossas almas podem estar dormentes? A urgência em reacender a fé e estimular a vida espiritual se torna um clamor divino que ainda ecoa nos dias de hoje.

A Igreja de Filadélfia se destaca em meio a um mundo de fraqueza. Ouvimos um eco de aceitação e honra, em que até os que são de uma sinagoga vêm a reconhecer o poder do Senhor. Apocalipse 3:8: "Ainda que você é fraco, você tem uma porta aberta". A promessa de proteção os encoraja a permanecer fiéis, desafiando-os a resistir e prosperar em sua pequenez e fidelidade. Quantas oportunidades deixamos passar por nos considerarmos insignificantes demais para serem utilizadas por Deus?

Por fim, encontramos a Igreja de Laodiceia. De todas, é a mensagem mais impactante: a necessidade de um reavivamento. A apatia espiritual é uma condição grave e perigosa, notificada como "morna": nem frio, nem quente. Apocalipse 3:16. A revelação instiga um ardor espiritual, convidando-nos a buscar o que é genuíno. O que significa isso? É um chamado à autenticidade em nossa fé, um apelo para deixarmos de lado a mediocridade e nos vestirmos da verdadeira justiça que só Cristo pode oferecer.

À medida que refletimos sobre as mensagens especiais dirigidas a cada uma dessas igrejas, nos deparamos com um desafio imensurável: como podemos nos beneficiar desse profundo conhecimento e aplicá-lo em nossas vidas? Que as cartas não sejam apenas ecos de um passado distante, mas verdades vivas que nos orientem. A vigilância, o amor sincero e a coragem de se manter firme são lições eternas, carregadas de esperança e desafio. Que possamos todos, hoje, estar atentos a essas mensagens, dispostos a crescer e nos tornarmos mais parecidos com Aquele que nos chamou.

Ao refletirmos sobre as valiosas mensagens contidas nas cartas às sete igrejas, percebemos que cada uma delas traz em si lições aplicáveis e relevantes para a vida contemporânea. A importância dessas advertências e promessas ainda reverbera em nossos dias, convidando-nos a uma reflexão profunda sobre nosso caminhar espiritual e nossas implicações em sociedade.

As mensagens de encorajamento e desafio escritas a cada uma das igrejas foram garimpadas em meio à aflição e à perseguição. Éfeso, com seu chamado a restaurar o primeiro amor, nos ensina que a atividade religiosa por si só não é suficiente; devemos nutrir continuamente nosso relacionamento com Cristo para que não friamente nos tornemos apenas uma máquina em funcionamento, mas que haja vida, paixão e amor genuíno em nossas ações.

De forma similar, a Igreja de Esmirna, que enfrentava severa perseguição, nos exorta a não temer os desafios que a vida traz. A fé testada em meio ao sofrimento é a fornalha que refina nossa espiritualidade. Cada dor pode se transformar em uma plataforma de crescimento se adotarmos a postura correta a da esperança e da perseverança.

Enquanto Pérgamo nos desafia a não sucumbir a compromissos que diluem nossa fé em um contexto cultural permissivo, a Igreja de Tiatira nos alerta sobre os perigos da tolerância às práticas questionáveis que podem enfraquecer a autenticidade do nosso testemunho cristão. As palpitantes mensagens às igrejas nos levam a reconsiderar nossa posição em um mundo repleto de influências externas que buscam moldar nossas crenças.

Por outro lado, a Igreja de Sardes clama por um despertar espiritual. É um convite a revisitar aspectos da vida que possam ter se tornado mornos. Vamos nos perguntar: será que nossa fé se encontra realmente viva, ou precisamos de um ato deliberado de despertar, buscando renovação em cada ponto que compõe nossas vidas?

Filadélfia não só enfrentava dificuldades típicas das comunidades vulneráveis, mas também tinha a promessa de reconhecimento e proteção. Isso transborda uma esperança em tempos de fragilidade e subestimação. É o lembrete de que, mesmo pequenos, podemos ser instrumentos poderosos na construção do Reino de Deus.

Finalmente, a Igreja de Laodiceia nos desafia sobre o perigo da apatia espiritual. "Morna" se torna uma condição alarmante para qualquer crente que deseja ser um farol de luz em meio à escuridão. Precisamos despojar-nos da autossuficiência e redescobrir a necessidade de um reencontro genuíno com Cristo. A intensidade do nosso amor por Deus se reflete em como nos dedicamos por Ele e pelos outros.

As lições que essas cartas nos proporcionam são urgentes e essenciais. Vamos, dessa forma, ser introspectivos em que estão nossas próprias áreas de vulnerabilidade e dificuldades em nossa caminhada com Cristo? Essas mensagens nos têm lembrado que perseverança, disciplina e uma comunidade de fé unida são elementos cruciais para um viver que glorifique a Deus em qualquer época.

Fomentando um ambiente de apoio mútuo, colaborativo e solidário, pode muito mais do que melhorar nossa caminhada pessoal; transforma a própria igreja em um coletivo forte, disponível para agir e responder aos desafios do mundo. Que essas cartas nos instiguem a uma ação consciente e corajosa, sempre buscando permanecer vigilantes na busca do propósito maior que Deus desenhou para nós, pois assim como aquelas primeiras igreja, podemos, e devemos, ser luz neste mundo repleto de trevas.

Preparemo-nos, portanto, para uma profunda imersão nas cartas escritas a cada uma das igrejas, sabendo que elas não são apenas registros de um passado distante, mas um convite vigoroso à vida abundante que Cristo promete àqueles que permanecem firmes na fé. É um chamado à vigilância constante e ao exercício da esperança em tempos difíceis.

Uma mensagem que, com certeza, sempre será relevante em qualquer contexto histórico, incluindo o nosso.

A Chamada à Vigilância e ao Futuro Promissor

A mensagem encontrada nas cartas direcionadas às sete igrejas não se limita a advertências e conselhos que ressoaram em tempos antigos; ela se transforma em um inesperado e poderoso chamado à vigilância na vida contemporânea. Vivemos dias em que as distrações se multiplicam e as verdades se camuflam sob o peso da superficialidade. Ao abrir os olhos espirituais, somos convocados a entender que cada momento é uma oportunidade de manifestação da graça de Deus. O convite à vigilância ativa ressoa como uma melodia insistente em meio às sombras da impermanência.

Na admoestação à Igreja de Sardes, somos lembrados da condição de letargia espiritual. Pode ser que, ao longo da rotina cristã, nos acomodemos ao ritmo morno da vida e venhamos a perder de vista a ardência do chamado divino. Não sejamos complacentes em nossas práticas. Que a luta contra o sono espiritual se torne a nossa regra de ouro. Ao invés de levar uma vida de superficialidade, somos convidados a mergulhar profundamente no que significa a fé vivida. Essa vigilância não é somente para evitar os perigos externos; é acima de tudo um olhar atento para os perigos internos que ameaçam nos desvincular do amor genuíno por Cristo.

E essa vigilância deve ser intencional. Ao nos depararmos com a impressão de que tudo permanece igual, somos chamados a perguntar: "Como está minha vida espiritual? Estou aliando meu caminhar a preceitos que glorificam a Deus, ou apenas seguindo uma rotina? Estou atento às vozes que falam mais alto?" O som da distração não pode sussurrar a vitória sobre minha busca pela verdade! Não podemos ser tão levados pelas correntes de uma cultura que frequente a negação da própria palavra de Deus.

O passado das sete igrejas é uma tapeçaria de experiências que nos instiga a perceber o presente que construímos e a vislumbrar o futuro que desejamos. Cada uma delas compartilhava uma lição duradoura que devemos integrar ao nosso entendimento atual. É hora de a geração de hoje reimaginar sua jornada com base nas verdades reveladas, projetando-se não como vítimas das circunstâncias, mas como soldados do Reino prontos para a luta.

Cada um de nós é chamado a participar ativamente da Grande História de Deus. As permutas que ocorrem em nossas comunidades ao refletirmos sobre essas revelações nos levam a um lugar de compromisso. Podemos ser a diferença em um mundo que clama por esperança. Cada decisão, cada ato de amor e de fé é um passo mais perto de sinalizar uma transformação real e permanente. Temos o poder de acender a luz em meio à escuridão, sustentar a chama da verdade viva e inspirar coragem naqueles que nos rodeiam.

Portanto, deixemos o chamado das cartas transbordar em nosso interior e nos transformemos em agentes de mudança social e espiritual. À medida que cada um de nós faz sua parte, mantendo sempre um coração vigilante e atento às direções de Deus, estabelecendo relações fundamentadas na verdade e sustentando um espírito generoso por meio da sabedoria divina. Não só nos fortificaremos, mas seremos faróis de esperança para aqueles que anseiam por uma posição segura e amorosa neste mundo incerto.

Concluindo, saiba que a promessa das cartas é um engajamento contínuo. Não podemos permanecer em um estado de espera passiva, mas precisamos abraçar o compromisso ativo de viver a fé em toda a sua plenitude. Esse é o nosso chamado à continuidade de um legado de fé e perseverança que cada um de nós é encorajado a construir. Por meio da vigilância constante, podemos nos propiciar um futuro iluminado, em que cada um de nós pode ser não apenas um crente, mas testemunha da poderosa ação de Deus em nossas vidas e nas vidas que tocamos ao longo do caminho.

Capítulo 4

Mensagens de Esperança e Alerta nas Cartas às Sete Igrejas

O que nos cerca nas páginas da história traz consigo um riquíssimo contexto cultural e religioso, em que as sete igrejas se destacam como faróis de fé em um mundo repleto de desafios. Assim, ao refletirmos sobre as mensagens contidas nas cartas escritas a essas comunidades de crentes, é relevante mergulhar nas nuances da pluralidade religiosa da época, em que o cristianismo lutava para se firmar entre ideologias tão diversas e frequentemente contrárias ao seu ensinamento.

Por volta do fim do primeiro século, essas congregações enfrentavam o peso de uma sociedade dominada não apenas pela opressão política, mas também pela pressão de uma cultura que se diversificava incessantemente. As cidades onde estavam localizadas, como Éfeso e Esmirna, eram verdadeiros mosaicos de crenças e práticas, em que o paganismo reinava. Era um espaço onde a fé cristã se apresentava como uma alternativa vibrante, desafiando não apenas as tradições reinantes, mas também as normas sociais que frequentemente se opunham ao Evangelho.

A interseção entre o cristianismo e o culto aos deuses da Grécia e de Roma forjava um terreno incerto. Nos mercados e praças, o clamor por reconhecimento e aceitação estava sempre à espreita, e a dúvida penetrava as almas dos fiéis. As cartas, portanto, não surgem apenas como mensagens de advertência, mas como um verdadeiro chamado à resistência. Uma convocação para que os cristãos não se deixassem abater pelas vozes que clamavam por conformidade.

A experiência de fé vivida nas comunidades cristãs da época tinha um caráter comunitário inegável. Havia uma interdependência entre os irmãos, um tecido social e espiritual em que a força vinha do apoio mútuo. Cada culto, cada reunião no lar, refletia uma certa urgência e necessidade de unificação. Em tempos de provação, estavam todos ligados na busca pela esperança e na prática do amor fraternal, uma força que era tanto um consolo quanto um desafio para a vida cotidiana.

À medida que essas comunidades tentavam navegar pelas turbulências externas, encontramos uma potente mensagem de Cristo em cada carta enviada. Elas são muito mais do que advertências pesadas, elas são promessas envoltas em esperança. O Senhor prometeu que aqueles que permanecessem fiéis receberiam a coroa da vida e outros tesouros celestiais, garantindo que mesmo em meio à luta, há luz no horizonte.

Assim, ao examinarmos a carta a Éfeso, somos convidados a refletir sobre o primeiro amor que ardeu no coração daquela comunidade, agora em risco de se apagar. A promessa de restauração não é uma simples chamada ao arrependimento, mas um convite transformador, permitindo que os irmãos celebrem e reavivem aquela paixão inicial. A esperança se renova a cada página escrita.

Em Filadélfia, uma cidade conhecida por sua fraqueza, a palavra de Cristo oferece coragem (Apocalipse 3:8): "Uma porta está aberta para você". Essa mensagem traz à tona a certeza de que mesmo os mais pequenos e desanimados têm um lugar especial no propósito divino. Curiosamente, a esperança é amplificada quando contemplamos aqueles que, mesmo sofrendo, não hesitam em clamar pela fidelidade de Deus.

Esse contexto vital deve nos inspirar. As experiências de dor e de esperança contidas nessas cartas perpetuam ao longo dos séculos, ecoando para nós dias e convites a também praticar vigilância e perseverança. Em cada um de nós reside uma capacidade imensa de atuar na construção do Reino de Deus e das verdades eternas que nos foram deixadas. Em uma sociedade que se debate entre luz e sombras, somos convidados a ser luz. Assim, vamos aceitar esse desafio, comprometendo-nos a viver essas mensagens não como lembranças de um passado distante, mas como fontes incessantes de fé e esperança em nosso atual caminhar.

As cartas às sete igrejas trazem em suas promessas uma radical oportunidade de esperança e renovação, isso se traduz em um convite íntimo e transformador para os cristãos do passado e do presente. Quando lemos sobre as promessas que Cristo fez a cada uma das comunidades, não estamos apenas contemplando relíquias de um tempo perdido, mas sim conectando-nos com a reclamação viva e pulsante de um amor que transpassa as barreiras do espaço e tempo.

Na carta a Éfeso, a promessa de restauração nos fala diretamente sobre a importância de revisitar nossas motivações e a chama que um dia iluminou nosso caminho. "Lembre-se de onde caíste; arrependa-se e pratique as primeiras obras", é o convite ao reavivamento que enche em nosso interior. Essa não é apenas uma frase; é um chamado profundo à introspecção e à ação. Quão frequentemente em nossas vidas ocupadas deixamos que a rotina apague a luz do amor nas nossas ações? Essa mensagem nos leva a reavaliar a autenticidade de nosso amor por Cristo e a reinvestir no cultivo desse relacionamento.

Adentrando na carta à Igreja de Esmirna, vivemos junto àquela comunidade a experiência de reconhecer que a dor e o sofrimento podem se transformar em força redentora. Jesus encoraja os filhos e as filhas de Esmirna com uma promessa: "Tende bom ânimo!". Essa esperança não se baseia em uma promessa de ausência de dificuldades, mas na garantia de que nossas lutas possuem um propósito. Assim como a guerra pode nos desgastar, a vitória se torna visível ao olharmos para trás, agradecendo pelas lições. "Não temas as coisas que hão de padecer", nos ensina que a perseverança em meio à adversidade é o caminho para um caráter fortalecido.

Progressivamente, a mensagem à Igreja de Pérgamo traz à tona um alerta sobre a diluição da fé mediante a cultura permissiva, e a dignidade cristã ganha vida na singularidade da verdade. Como cristãos, somos desafiados a permanecer firmes diante das múltiplas correntes de opiniões e ideologias que nos cercam, fortalecendo raízes robustas em Cristo. Essa carta nos incentiva a desenvolver uma identidade que se sustenta nas verdades inabaláveis do Evangelho, afiançamos o nosso compromisso entre a responsabilidade e a ousadia de dialogar abertamente sobre a verdadeira essência da vida em comunidade.

E em Tiatira, ao confrontarmos o pecado tolerado, nos é exigido discernimento e uma postura vigilante. A tolerância para práticas que se distanciam da fé não é uma opção. Aqui, a mensagem revela-se como um grito de alerta: a autenticidade da nossa fé demanda um alinhamento intransigente com a verdade que nos foi revelada. O convite à vigilância é um lembrete poderoso das consequências que podem surgir quando a complacência se instala nas comunidades de fé.

Sardes, com sua fachada respeitável, revela que podemos viver uma vida que paradoxalmente aparenta vitalidade, mas, em seu núcleo, está morta. O chamado à ressurreição traz a esperança de que a reavaliação diária e a busca por uma vida vibrante e autêntica podem trazer à tona a energia necessária para viver plenamente o chamado de Cristo. Despertar é, sem dúvida, um tema-chave.

Em Filadélfia, a mensagem nos acena com o abrandamento do coração divino, mostrando que a força do Evangelho se manifesta mesmo nas situações que parecem desfavoráveis. “Ainda que você é fraco, você tem uma porta aberta”. Quão poderoso é ver que o amor de nosso Senhor não reside na força humana, mas na graça que se revela por meio da fraqueza?

Finalmente, a carta à Laodiceia nos joga contra a face da realidade da apatia espiritual. A admoestação a “ser quente ou frio”, ao lembrar-nos do erro de viver na indiferença, é um convite à autenticidade, um gesto de buscar tudo o que é genuíno. Essa mensagem ressoa como um chamado à ação e à avaliação contínua de nossa vida espiritual. O que estamos fazendo para garantir que nossa chama permaneça acesa?

Assim, ao considerarmos as promessas de cada igreja, compreendemos que a esperança e a restauração não dependem das circunstâncias, mas do comprometimento de cada um de nós ao reerguer nossa fé, nossa paz e nosso amor. Portanto, que essas promessas de renovação sejam âncoras em nossas vidas, nos instigando a vigilância, a coragem e a honestidade em nossa caminhada com Deus, sempre mirando no horizonte que promete um futuro glorioso.

A mensagem que Cristo deixou em suas cartas é um testemunho de que Ele cuida de seu povo e deseja uma relação aprofundada com cada um. Se formos atentos às supra refletidas promessas de esperança, nos tornaremos não apenas receptores, mas também transmissores de luz e amor neste mundo tão necessitado de verdade e compaixão.

A vigilância espiritual emerge como um tema central nas mensagens às sete igrejas, requisitando de cada um de nós uma atenção renovada às dificuldades que se apresentam em nossa jornada de fé. A luta constante contra as distorções culturais e as pressões externas se torna evidente à medida que se descortinam as realidades enfrentadas pelos cristãos da época. Cada uma das cartas não apenas adverte, mas incita um chamado apaixonado à resistência, à determinação e à preservação da pureza espiritual em meio à tempestade.

Examinando a mensagem à Igreja de Éfeso, somos confrontados com a advertência sobre a perda do primeiro amor. O apelo "Lembre-se de onde caíste; arrependa-se e pratique as primeiras obras" é como um som perdurante, levando-nos a rememorar o fervor e o ardor que um dia nos motivaram. Será que nos deixamos enganar pelo movimento frenético da vida, desvalidando o amor genuíno? Essa chamada à ação é uma proposta de retorno, um convite para reviver não apenas as ações, mas o coração que impulsiona tais atos.

Quando olhamos para a Igreja de Esmirna, facilmente percebemos que a dor e a perseguição podem criar um solo fértil para o fortalecimento da fé. Jesus nos encoraja: "Não temas as coisas que hão de padecer". É uma garantia de que, mesmo em meio à tribulação, encontramos um propósito divino que opera em nossas vidas. Podemos nos lembrar que as provações não são fim, mas meio de nos moldar e nos preparar para algo grandioso.

Prosseguindo, a luta de Pérgamo contra os compromissos, em que as influências externas tentam minar a verdade, ilustra a necessidade de permanecer firmes na mensagem do Evangelho. É uma jornada na qual a autenticidade demanda coragem e determinação. As limitações humanas muitas vezes nos fazem ir por caminhos duvidosos movidos pelas necessidades fisiológicas. Os desafios que enfrentamos diariamente, paradoxalmente, devem nos impulsionar a fortalecer nossas raízes na fé, moldando nossa identidade em Cristo e, assim, destilando amor até nas ações mais simples.

Já Tiatira levanta um ponto crucial: a vigilância contra a tolerância do erro. O aproveitar-se de um Evangelho diluído enfraquece a essência da fé. Que possamos discernir as verdades que precisam ser defendidas, mantendo um padrão elevado na maneira como vivemos e nos expressamos na fé. Cada escolha que fazemos deve transparecer a nossa convicção, refletindo uma integridade que não tem medo de se posicionar. Nos dias atuais a cultura do mundo tenta nos esmagar. Uma grande inversão de valores nos é empurrada goela abaixo, por isso a importância de estarmos alicerçados na palavra genuína de Deus.

A Igreja de Sardes, com sua aparência de vida, serve como um alerta poderoso. O chamado para despertarmos deve ser um grito em nossos corações: quanto tempo dedicamos a parecer vivos, em vez de realmente viver? O convite à revitalização da fé e do fervor espiritual é um lembrete de que, ao aceitarmos a cura, permitimos que vidas se entrelacem de forma vibrante, construindo um testemunho irrefutável.

Filadélfia, ao contrário, nos oferece uma promessa reconfortante. "Uma porta está aberta para vocês", diz Jesus. Aqui, a vulnerabilidade é reconhecida, mas não aceita. É em meio à fraqueza que Deus opera, dando força e abrindo caminho mesmo quando menos se espera. Cada dificuldade pode ser transformada em testemunho, alimentando nossos irmãos e irmãs ao longo do caminho.

Por fim, a mensagem à Igreja de Laodiceia ressoa como um alerta do compromisso exigido por Cristo: devemos ser quentes, fervorosos e sinceros em nossa busca espiritual. A condição de ser morno traz um lembrete poderoso da necessidade de engajamento e da busca pela autenticidade em nossa fé. O jejum e a oração são caminhos notais para se alcançar tal intimidade e proximidade com Deus. Esse último clamor de Cristo ressalta que, em um mundo repleto de distrações e apatia, podemos não apenas viver, mas brilhar com uma luz que serve de exemplo e de guia para aqueles que nos rodeiam.

Em suma, o clamor às sete igrejas é um princípio de vigilância, um chamado à resistência e à vitalidade na prática da fé. Que possamos sempre nos inspirar por essa voz atemporal, encorajando-nos a ser agentes de mudança em um mundo que urgentemente precisa do amor e da verdade de Cristo. Ao confrontarmos nossas lutas pessoais, que o exemplo das sete comunidades nos desafie a permanecermos firmes, vigilantes e esperançosos em nossa jornada.

As mensagens escritas nas cartas às sete igrejas não são apenas chamadas de atenção, mas tão logo refletem um resumo de como devemos viver e conduzir a nossa vida espiritual em plena modernidade. Ao vermos a aplicação das lições preciosas que esses escritos oferecem, nos deparamos com uma necessidade urgente de trazer tudo isso para a prática em nosso dia a dia.

Primeiro, é imprescindível cultivar um relacionamento íntimo com Deus. A carta à Igreja de Éfeso nos lembra da importância de reavivar nosso primeiro amor. Isso exige que realizemos um autoexame frequente para identificar onde o fogo de nossa devoção se apagou. O que você tem feito para se conectar com Deus? Por meio da oração, meditação e estudo bíblico, podemos redescobrir a pureza de nosso amor por Cristo e reestabelecer um compromisso sincero com Ele.

Em segundo lugar, a resiliência em tempos difíceis aparece como um fio condutor. A Igreja de Esmirna enfrentava perseguições extremas, mas a promessa de uma "coroa de vida" (Apocalipse 2:10) nos leva a refletir como podemos encontrar esperança em meio ao sofrimento. Isso serve de convite não apenas para suportar desafios, mas para enxergá-los como oportunidades de crescimento. O que os seus momentos de dificuldade têm tecido em sua vida? Como você pode transformá-los em histórias de vitória e superação?

Avançando, o comprometimento com a verdade, como ensina a carta a Pérgamo, fala profundamente em nossa era de desinformação. A luta constante entre nossas crenças e o que é promovido externamente nos exige discernimento e coragem. Precisamos nos perguntar: estamos abrigando influências prejudiciais em nossas vidas? É hora de decidir o que deixaremos adentrar em nossos corações e mentes, decisões que moldarão nosso caráter e testemunho.

A advertência à Igreja de Tiatira sobre a tolerância aos erros alimenta nossa necessidade de manter a pureza em todas as áreas de nossa vida. Essa honestidade que nos leva a nos recusarmos a ignorar práticas que não glorificam a Deus se torna um pilar fundamental. Que ações e hábitos você tem tolerado que não são dignos do chamado de Cristo? Escolher um caminho de integridade é um ato de coragem e fé.

Por outro lado, Sardes nos exorta ao despertar e à autenticidade. É muito fácil cair na rotina da vida cristã e esquecer que a fé deve ser alimentada. Então, a questão que devemos fazer a nós mesmos é: nossa vida espiritual está verdadeiramente viva? O que precisamos reformatar em nossas rotinas, estudos ou práticas para trazer novos ares à nossa fé?

No que diz respeito à Igreja de Filadélfia, sua história é um lembrete eloquente de que mesmo os mais fracos podem experimentar grande força por meio de seus vínculos com os propósitos de Deus. Não subestime seu impacto na vida dos outros, mesmo que você sinta que é insignificante. Cada pequeno ato de amor e cuidado pode abrir portas inesperadas.

Por último, a chamada à autenticidade na Igreja de Laodiceia enfatiza a necessidade de não nos deixarmos ficar onde estamos dependendo do conforto que buscamos. Jesus nos conclama a sermos "quentes", a investir em nossa vida espiritual de maneira intencional. Isso significa buscar e se engajar em comunidades de fé, estudar em profundidade as Escrituras e participar ativamente na edificação uns dos outros.

À medida que as palavras dessas cartas reverberam em nosso coração, somos impulsionados a uma ação comprometida. Que possamos traduzir esses ensinamentos em hábitos diários, ser mais conscientes em nossas práticas, alimentando nossa relação com Deus e entre nós, acolhendo a disciplina e a regeneração necessárias, sempre almejando uma vida fervorosa que possa ser um farol numa sociedade que muitas vezes caminha na escuridão. É assim que nos tornaremos não apenas ouvintes, mas agentes de transformação naquilo que Deus capacitadamente nos chamou a ser.

Capítulo 5

Os Desafios da Fé nas Cartas: Uma Viagem de Reflexão e Transformação

A jornada da fé é, em essência, uma expedição repleta de desafios. Cada um de nós é confrontado, em algum momento, por perguntas profundas que nos incitam a reavaliar nosso compromisso e compreensão. As cartas às sete igrejas, em sua magnificência atemporal, oferecem não apenas uma visão histórica, mas, sobretudo, um espelho das situações que cada crente enfrenta até os dias atuais. Ao explorar os desafios que os primeiros seguidores de Cristo vivenciaram, nos tornamos mais conscientes de nossas próprias lutas.

Ao olharmos para Éfeso, por exemplo, a advertência sobre a perda do primeiro amor nos faz refletir: quantas vezes nos deixamos perder o embrulho do amor fervoroso que um dia acendeu nossas almas? O desafio de redescobrir a paixão e a devoção é, sem dúvida, um convite a voltarmos nossos corações ao Senhor de maneira fervorosa, como no início de nossa caminhada, o primeiro amor. As dificuldades podem ofuscar nossa percepção da verdade, mas a luz do amor verdadeiro sempre encontrará um caminho para brilhar, se abrirmos nossas vidas para isso.

Em Esmirna, o sofrimento e a resistência aliaram-se em uma dança impiedosa. A comunidade se viu lutando contra a opressão, enfrentando perseguições por sua fé. Contudo, o encorajamento de Cristo em meio a esse abismo dá voz a uma verdade inabalável: mesmo nas circunstâncias mais severas, a força espiritual pode florescer. O desafio da dor é um caminho inevitável, mas a maneira como escolhemos enfrentá-la é o que molda não só nossa fé, mas também nosso caráter.

Pérgamo é um exemplo claro da luta entre a verdade e a cultura contemporânea. O convite à vigilância nos impacta até hoje, lembrando-nos de que a fé não pode ser diluída entre as vorazes demandas da sociedade. O desafio real aqui é reconhecer as influências que nos cercam e tomar decisões conscientes, alinhadas à nossa crença. Em cada escolha, existe a oportunidade de proclamar a verdade com força e autenticidade.

No contexto de Tiatira, o confronto com a prática do pecado inchado e tolerado na comunidade revela uma constante pressão de conformidade. Aqui, somos chamados à vigilância ativa, confrontando práticas prejudiciais invisíveis que podem erguer-se como muros entre nós e a plenitude de Deus. O desafio é este: podemos nos permitir a tarefa difícil de expor o veneno que se infiltrou em nossas vidas? A trágica complacência deve provar-se um inimigo a ser vencido, e a busca por pureza espiritual um esforço diário.

A advertência trazida pela Igreja de Sardes arde em nossos corações como um aviso a cada um de nós. O desafio que enfrentamos é semelhante ao de viver em uma fachada de vida espiritual, sem a essência autêntica que Cristo deseja, religiosidade. A ressurreição da alma, a vontade de se reerguer e vigorizar a fé não é apenas um desejo; deve ser uma batalha deliberada, traçando, assim, um caminho de regeneração e autenticidade.

Já Filadélfia reafirma a vulnerabilidade como um ponto forte. O desafio de ser fraco em uma sociedade que valoriza apenas o poder e a força pode parecer perplexo, mas é nesse espaço que a graciosa promessa do Senhor faz valer: "Uma porta está aberta para vocês". Esse convite acolhedor nos ensina que é ao reconhecermos nossa fraqueza que encontramos um lugar especial dentro do plano divino. O desafio consiste em adotar essa postura, deixando que nosso Deus, que opera nas nossas fraquezas, transforme-as em um testemunho vivo da Sua grandeza.

Por fim, a reflexão sobre Laodiceia é uma advertência constante sobre a apatia espiritual. O desafio que reside aqui é um profundo questionamento: em que momento a indiferença tomou o centro de nossa vida? Cristo nos chama a ser "quente ou frio", na convicção de que qualquer estado externo é preferível à amenidade do ser. Aqui, as ações que tomamos para nutrir a vida espiritual se tornam essenciais. O desafio é garantir que, luta ou vitória, sempre permaneçamos inseridos na dinâmica vibrante do amor de Cristo.

Ao longo deste capítulo, somos lembrados de que os desafios da fé não são meramente empecilhos, mas instrumentos moldadores que nos remetem a uma jornada de transformação. As cartas, nesse aspecto, nos servem como obra-prima de sabedoria e um chamado à ação. Ao lado das comunidades que enfrentaram essas lutas, encontramos cenários que vão além de advertências históricas; somos convidados a agir, revigorando nossa própria fé e responsabilidade como parte do Corpo de Cristo.

Que possamos, assim, abraçar esses desafios, permitindo que nos tornem mais sábios, mais resilientes e mais apaixonados. Sejam eles dores, divisões ou apatia, que cada teste sirva de motivo para elevação e vivência de uma fé autêntica, despertando a esperança que pulsa em nós e capaz de iluminar até os cantos mais sombrios do mundo.

Os Desafios da Fé nas Cartas: Uma Viagem de Reflexão e Transformação

A essência dos desafios que nossas almas enfrentam se manifesta de diversas formas nas experiências das comunidades cristãs descritas nas cartas às sete igrejas. Refletindo sobre essas situações, somos levados a entender que, apesar de distantes em tempo e espaço, os dilemas da fé continuam intrinsecamente conectados com nossas lutas contemporâneas.

O aprendizado que podemos extrair vai além da simples leitura de textos antigos; ele nos convida a mergulhar em histórias repletas de lições atemporais. Cada uma das igrejas, com seus próprios dramas e triunfos, lança à luz questões pertinentes, em que o desafio para a comunidade de Éfeso ressoa com aquele que muitos enfrentamos hoje: a dificuldade de manter acesa a chama do amor e da devoção inicial, a inconstância.

A comunidade de Esmirna, por exemplo, viveu a realidade da perseguição, enfrentando um mar de adversidades que desafiava sua fé. Escutarmos a exortação de Cristo, que dizia: "Tende bom ânimo!", não é apenas um som distante, mas um chamado verdadeiro a nos posicionarmos diante de nossas dores. A força espiritual que surge em meio ao sofrimento nos ensina que, se nos mantivermos firmes, veremos a glória de Deus que emerge após a tempestade.

Considerando Pérgamo, a luta contra a indulgência cultural destaca um aviso claro: se permitirmos que a sociedade molde nossa concepção de fé, corremos o risco de perder a integridade do que cremos. "Somos uma contra cultura a cultura do mundo!". Esse alerta ressoa fortemente em nossos dias, em que as influências e pressões são palpáveis e nos instigam a reafirmar nossas convicções. A jornada de cada um, nesse sentido, se torna um exercício de discernimento, em que a coragem não é mera bravata, mas um imperativo de continuidade.

Vamos nos deparar com a igreja de Tiatira, em que as falhas de caráter eram toleradas, abrindo espaço para a reflexão sobre as práticas que estabelecemos em nossa vida. Podemos nos perguntar: o que temos aceitado em nossas rotinas que contradiz o chamado de Deus sobre nós, carnalidade, depravação moral, religiosidade? Esse desafio implícito exige um despertar que nos leve a confrontar as realidades que, muitas vezes, escolhemos ignorar.

Ao passarmos pela igreja de Sardes, somos lembrados de que aparências podem enganar. A necessidade de um reavivamento não é apenas um desejo, mas um clamor que devemos ouvir em nosso íntimo. Perguntar a nós mesmos se estamos vivendo uma vida de autenticidade e de propósito é crucial. Quão frequentemente buscamos na superficialidade uma validação que deveria vir do coração de Deus?

Envolvendo a igreja de Filadélfia, o ensinamento sobre o valor da fraqueza se mostra revelador. Às vezes, acreditamos que precisamos estar em nossa melhor forma para sermos utilizados, mas, na verdade, é no reconhecimento de nossa limitação que o poder de Deus se faz completo. Revelar nossas fraquezas pode se tornar uma ponte, permitindo que outros vejam a magnificência de Deus por meio de nossas vidas.

Finalmente, a comunidade de Laodiceia nos confronta de modo impactante. O chamado ao fervor destaca a importância de vivermos uma realidade de compromisso, nos recusando a permanecer em estado de morte espiritual, o que nos faz indiferentes. O que estamos realmente fazendo para cultivar essa fervura?

Assim, essa jornada mediante as cartas não é apenas um estudo, mas um chamado à ação. Somos desafiados a transformar nossas reflexões em hábitos, revitalizando nosso espírito e nossa prática diária com um vigor renovado. Cada ensinamento traz uma oportunidade de aumentar nossa consciência, reavivar nossa paixão e nos comprometer com uma fé autêntica. Ao aceitarmos esses desafios, tornamo-nos não apenas ouvintes da palavra, mas participantes ativos do grandioso propósito divino, refletindo a luz de Cristo ao mundo que nos rodeia.

O Caminho da Restauração e Esperança

Ao explorarmos as cartas às sete igrejas, somos presenteados com mensagens de restauração que desafiam as limitações impostas pela nossa humanidade e o contexto em que vivemos. Cada promessa contida nessas epístolas é um farol que brilha intensamente, trazendo esperança e encorajamento em meio às dificuldades enfrentadas por aqueles que acreditam em Cristo.

Uma das promessas mais preciosas que ressoam com mais força é a oferta de arrependimento e transformação. Ao nos lembrarmos da mensagem à Igreja de Éfeso, somos instigados a revisitar o fervor que um dia aquecia nossos corações. "Lembre-se de onde caíste; arrepende-te e pratique as primeiras obras". Essa súplica de Cristo não é simplesmente um aviso, mas uma convidativa abertura ao recomeço. É como se Ele estivesse nos dizendo: "Não importa quão distante você esteja, eu sempre estarei aqui, pronto para receber você de volta."

Devemos nos perguntar: o que está nos afastando desse primeiro amor? As distrações cotidianas, a rotina exaustiva e as dificuldades que frequentemente nos rodeiam podem criar barreiras invisíveis, mas não insuperáveis. A chave para a restauração é a vontade de voltar e buscar esse amor autêntico que nos foi oferecido. Ao fazermos isso, trazemos à tona não apenas um sentimento, mas o renascimento de uma relação com Aquele que anseia nos guiar em cada passo.

Ao contemplarmos as promessas feitas à Igreja de Esmirna, a mensagem que emerge nos convida a entender que o sofrimento pode responder ao propósito maior da fé. "Tende bom ânimo!", um lembrete que vibra ao longo dos séculos e que surge em nossos próprios momentos de dor. Como pode o sofrimento nos fortalecer? Pois, da mesma forma que a semente precisa quebrar para germinar, nós também alcançamos alturas espirituais quando aceitamos todas as experiências da vida, a dor e a alegria. Cristo nos assegura que nossas lutas não são vãs; elas moldam nosso caráter e nos aproximam ao exemplo dele.

A esperança floresce, assim, não como uma mera expectativa de dias melhores, mas como uma certeza intrínseca de que, onde há um coração verdadeiramente contrito e humilde, há espaço para a transformação. Em nossa própria jornada, o arrependimento torna-se uma ferramenta poderosa. Então, que tal dedicarmos um tempo para refletir sobre o que precisamos deixar no passado? A renovação começa quando decidimos nos despir do que é passageiro e vestirmos o novo que nos é concedido.

A promessa à Igreja de Pérgamo nos recorda de que a integridade e a verdade devem ser firmes pilares em nossa caminhada. Ao não nos acomodarmos à cultura ao nosso redor, somos chamados a permanecer firmes, mesmo quando os desafios se tornam intensos. Aqui está o princípio fundamental: a restauração não significa simplesmente voltar ao que era antes, mas sim ser transformado em algo ainda mais rico e profundo. A maneira como nos posicionamos diante das tentações e influências da sociedade é crucial. Isso, por sua vez, nos exige vigília, um convite para agirmos com discernimento.

E ao olharmos para a carta à Igreja de Tiatira, a urgência da vigilância é ressaltada. "Não sejais participantes dos seus pecados!" (Apocalipse 18:4), grita para nós a mensagem. A verdadeira restauração muitas vezes exige coragem para confrontar os pecados ocultos que habitam em nosso meio cotidiano. O que estamos permitindo em nossa vida? A transformação começa dentro de nós, na disposição de fixar o olhar na verdade de Deus e abrir mão de todo orgulho e resistência.

Enquanto caminhamos, a promessa de Filadélfia assegura-nos que mesmo nas fraquezas podemos ser instrumentos poderosos nas mãos de Deus. A porta aberta é um símbolo claro da generosidade divina em favor daqueles considerados pequenos aos olhos do mundo. Aqui reside um dos maiores costumes do cristão: propósito, mesmo quando a solidão e o medo parecem envolver-nos. Nunca é tarde para retornarmos à sala do banquete que Ele tem preparado; cada convite à renovação é uma nova esperança.

A Igreja de Laodiceia nos lembra da necessidade de autenticidade. Não podemos ser mornos em nossa fé, pois o mundo clama por uma intervenção genuína e vibrante. Nunca devemos esquecer que a verdadeira restauração começa quando nos decidimos a viver plenamente em Cristo, alinhando coração e mente a Ele. E nessa decisão, se cada um de nós se comprometer a ser um agente ativo nessa jornada, poderemos colher grandes frutos de um novo começo.

Que esse caminho da restauração seja um passo para renovação não só a nível pessoal, mas seja também um chamado à ação em nossa comunidade, em que possamos, juntos, vivenciar e compartilhar a esperança que nos foi oferecida. Que nunca seja tarde demais para retornar ao primeiro amor, para recomeçar e se deixar inundar pelo amor divino que transforma e renova vidas.

Reflexões sobre os Desafios da Fé

Ao encerrar este capítulo, somos convidados a refletir profundamente sobre os ensinamentos contidos nas cartas às sete igrejas. A luta contra os desafios da fé nos apresenta lições valiosas que podem nos guiar em nossa jornada espiritual. Como cristãos, confrontamos as dificuldades cotidianas, sem dúvida, mas cada uma delas pode se tornar um trampolim para um relacionamento mais profundo com Deus.

Devemos nos perguntar: "Como posso aplicar estes ensinamentos em minha vida?". O convite é para que busquemos autenticidade em nossa caminhada espiritual. A Igreja de Éfeso nos lembra da importância do ardor no amor, enquanto Esmirna nos encoraja a encarar com coragem o sofrimento e a dor. O ensino de Pérgamo nos chama à vigilância quanto às influências externas que podem afetar nosso compromisso com a verdade divinal.

Para viver uma fé restaurada, é necessário um processo ativo de reflexão e ação. Em Tiatira, aprendemos a importância de sermos exigentes com nós mesmos sobre o que permitimos em nossas vidas. Sardes, por sua vez, nos instiga a não nos acomodarmos, mas, em vez disso, buscarmos a ressurreição do fervor espiritual.

A experiência de Filadélfia com sua porta aberta nos demanda também um ato de fé e coragem: não importa quão fracos nos sintamos, sempre há um espaço divino para nossa contribuição. Laodiceia, ao final, nos desafia a nos tornarmos fervorosos e ativos em nossa fé, evitando a armadilha da apatia. Cada uma dessas chamadas são, essencialmente, oportunidades e convites para crescermos e nos tornarmos versões melhores de nós mesmos.

Para integrar esse aprendizado nas nossas vidas diárias, sugiro que estabeleçamos uma prática de autoexame. Reserve momentos para se perguntar sobre seu amor por Cristo: "Estou fervendo de paixão por Ele como estava no começo?". Avalie quantas vezes em sua rotina você tem se permitido ser influenciado por culturas que vão de encontro às suas convicções.

Além disso, considere o poder de estar cercado pelas pessoas certas. Assim como as igrejas mencionadas, busque conexões que visem estimulá-lo a crescer e a prosperar na fé. Junte-se a grupos em que a fé é exercida e nos quais as conversas sempre elevam os padrões e permanecem fiéis à palavra de Deus.

Ao final das reflexões, as ações falam mais alto que as palavras. Que possamos todos nos comprometer a viver essa fé vibrante e extensiva que resplandece nas comunidades que abrimos mão para acolher a autenticidade das nossas experiências.

Para encerrar, convido você, querido leitor, a orar por renovação em sua vida. Que Deus conceda não só a você, mas a cada um de nós, o desejo sincero de honrar sua Palavra e a coragem de nos mantermos firmes na esfera de influência que escolhemos – sempre prontos a agir em resposta ao chamado que nos foi feito.

Que a luz que encontramos nas cartas às sete igrejas nos inspire sempre a ser cristãos ativos, esperançosos, e seguidores fervorosos da verdade. E que a trajetória que testemunhamos ao longo desses ensinamentos nos encoraje a escrever nossas histórias de fé, lutando e conquistando, juntos, o Reino de Deus.

Capítulo 6

A Restauração das Comunidades e a Promessa de Vitória

A necessidade da restauração nas comunidades cristãs é um chamado urgente que existe ao longo dos tempos. Em um mundo que se desumaniza rapidamente, as comunidades de fé frequentemente enfrentam crises que podem parecer insuperáveis. Contudo, é nesse momento de dificuldade que a necessidade de restabelecer os alicerces de nossa fé se torna ainda mais evidente. Restaurar uma comunidade cristã não é apenas sobre reconstruir estruturas físicas e culturais, mas profundamente sobre reativar corações e mentes, reacendendo a chama da devoção.

Historicamente, temos visto diversas comunidades enredadas em desafios que ameaçam sua continuidade. Relatos das primeiras igrejas, por exemplo, revelam tempos de perseguição e conflito, que, ao invés de extinguir a fé, incentivaram um retorno às bases do crente. Ao olharmos para essas narrativas, percebemos que a restauração muitas vezes brota de uma profunda necessidade de voltar ao primeiro amor, aquele que uma vez iluminou nossas esperanças e nos uniu como irmãos e irmãs em Cristo. Reflexões sobre o propósito original de cada comunidade podem direcionar cada membro a participar ativamente de um processo de cura e renovação.

Ainda assim, a contemporaneidade traz seus próprios desalinhamentos. Bolhas sociais, divisões ideológicas e práticas que muitas vezes não condizem com o Evangelho têm gerado crises que desafiam o próprio princípio de unidade. É imprescindível que as comunidades reconheçam esses desafios como oportunidades para examinar suas próprias práticas, reavaliar suas crenças e se reerguerem sob a luz da verdade do evangelho. Uma visão voltada para a restauração deve abraçar tanto a fragilidade humana quanto a grandeza da promessa de um Deus restaurador. Por meio dessa reflexão, as igrejas podem captar a essencialidade de seu chamado à fé viva e atuante.

Entender que as crises reverberam mudanças e que, em muitos casos, a solução começa em nossas próprias atitudes pode ser o primeiro passo na busca pela renovação. Cada membro da comunidade é parte integrante nesse processo. Ao focarmos em promover um ambiente acolhedor, onde todos são ouvidos e valorizados, construímos uma fundação sólida para a restauração. Cada gesto de amor, cada diálogo aberto e cada oração coletiva podem, portanto, ser elementos catalisadores que levam a um novo despertar da fé e da união.

A restauração não acontece da noite para o dia. É uma jornada que exige paciência e compromisso, mas, ao mesmo tempo, oferece uma profunda satisfação. No momento em que fazemos a escolha consciente de restabelecer os laços que nos unem, permitimos que a ação de Cristo entre em nosso meio. Promessas de uma nova esperança e um futuro glorioso aguardam cada um de nós, prontos para ser vivenciadas no coletivo.

Assim, que possamos olhar para as nossas comunidades com a expectativa de renovação. Que a restauração se torne um ponto focal em nossas agendas, um clamor constante em nosso coração, à medida que nos unimos para enfrentar os desafios e caminhar em direção a uma vitória firmada na presença do Senhor. A promessa de vitória não é apenas um ideal distante; é uma realidade que se desdobra diante de nossos olhos, ao nos disponibilizarmos como instrumentos de transformação e de amor incondicional.

Por isso, vamos abraçar essa jornada juntos, com coragem e fé, sabendo que, em Cristo, somos mais que vencedores, e em nossas comunidades, temos a oportunidade de manifestar o reino de Deus, fazendo florescer a esperança em cada coração.

Ao olharmos para as promessas contidas nas cartas às igrejas do Apocalipse, vemos um convite divino para a transformação nas comunidades de fé. Cristo, em Sua infinita sabedoria, disse a cada um deles que estava disposto a restaurar, revigorar e renovar. Essas promessas, cheias de esperança e encorajamento, nos mostram que, mesmo nas circunstâncias mais desafiadoras, Deus ainda espera que façamos a escolha de segui-Lo fervorosamente.

A promessa à Igreja de Éfeso nos relembra da importância do primeiro amor. Quando Cristo exorta: "Arrependa-se e pratique as primeiras obras", somos impelidos a considerar nosso próprio relacionamento com Ele. Levar esse apelo a sério não é apenas olhar para trás, mas dar um passo frutífero em direção à frente. A restauração começa no coração do crente, que se decide a reviver a paixão e a devoção que talvez tenham se desgastado no tempo.

Em Esmirna, Cristo incentivou os fiéis a não temerem o sofrimento. "Não temas as coisas que hão de vir", é um lembrete poderoso para nós. Aqui, vemos que a verdadeira vitória muitas vezes está em perseverar na tribulação, convertendo a dor em força. O amor e a esperança podem emergir do mais profundo abismo, revelando que, mesmo quando tudo parece perdido, há um Deus que caminha ao nosso lado e nos sustenta. Essa promessa se traduz não apenas em palavras de conforto, mas numa bandagem que cura as feridas da alma.

A advertência à Igreja de Pérgamo levanta a questão da vigilância contra as falhas da cultura à qual pertencemos. A promessa de Cristo se reflete em nossa responsabilidade de mantermo-nos firmes em nossa fé, mesmo quando somos tentados a ceder às pressões. Esse chamado à ação é crucial para as nossas comunidades, pois só por meio da conscientização podemos construir um ambiente em que a verdade prevaleça.

Tiatira nos mostra que a restauração pode exigir uma coragem radical. "Eu conheço suas obras e sua caridade", diz Cristo, e aqui reside o paralelismo com nossa vida atual. Estar dispostos a confrontar o que é prejudicial, mesmo que criticamente aceito, é uma parte fundamental do caminho. A promessa de renovação realça a capacidade de agir sem medo, lembrando-nos de que o amor genuíno é o que nos impede de aceitar o pecado, e que o arrependimento sincero nos levará a uma transformação abundante.

A mensagem à igreja de Sardes nos fala sobre a importância da autenticidade. A promessa de que é possível depende de nossa resposta: será que estamos prontos para buscar a vitalidade em nossa vida espiritual? A restauração vem quando trocamos a superficialidade pela profundidade. As comunidades precisam abraçar essa autoavaliação; a fé não pode ser uma mera aparência, mas deve ser um reflexo vivo do amor de Cristo, menos religiosidade e mais ação coletiva com demonstração de amor pelo próximo.

Isso nos leva à Igreja de Filadélfia, onde a fraqueza se torna um símbolo de força. A promessa de que uma porta está aberta para aqueles que se sentem inadequados é um testemunho da graça de Deus. Quando reconhecemos nossas vulnerabilidades, somos abençoados com a capacidade de abrir a mente e o coração para novas possibilidades. A fragilidade, nesse sentido, não é um fardo; é um portão que nos leva a águas mais profundas de fé e compromisso.

Finalmente, a reflexão sobre Laodiceia nos convida a reconsiderar nossas prioridades. Cristo nos lembra: "Sejam quentes ou frios, mas não mornos." Essa fala nos traz a realidade vital de que nossa atitude pode impactar sobremaneira o testemunho da comunidade. A restauração da vitalidade espiritual é um convite que não deve ser ignorado.

Cada uma dessas promessas se entrelaça com a experiência contemporânea de nossas comunidades de fé. E ao reconhecê-las, somos desafiados a agir, a transformar a teoria em prática e fazer com que a vida e a luz de Cristo resplandeçam entre nós. A restauração, portanto, não é apenas um desejo; é uma missão que somos chamados a cumprir juntos.

Que possamos ouvir as promessas de Cristo e deixá-las arraigadas em nossos corações, como um lembrete constante de que a restauração não é uma tarefa singular, mas uma construção coletiva. Em cada esforço, cada oração e cada ato de amor, seremos guiados na construção de comunidades saudáveis que refletem o reino de Deus em um mundo tão necessitado de esperança e redenção.

A Ação Transformadora da Comunidade e o Papel do Indivíduo

Neste mundo conturbado, em que cada história de fé é moldada por momentos de dor e aprendizado, o papel da comunidade cristã torna-se fundamental no processo de restauração. Cada membro não é apenas um espectador, mas uma parte vibrante desse grande quadro que se desenha com as cores da esperança e da transformação. É preciso reconhecer que a força de uma comunidade repousa na união de seus indivíduos, no desejo coletivo de buscar um propósito maior no amor de Cristo.

Imaginemos um pequeno grupo em um bairro, onde a falta de união predominava, o medo do próximo se instalava e o ceticismo minava a esperança. Ao longo dos meses, um jovem do grupo começou a compartilhar testemunhos de superação, revelando como a fé o ajudara a vencer batalhas pessoais. Gradualmente, outros começaram a abrir seus corações, compartilhando suas próprias lutas. A atmosfera de desconfiança foi lentamente substituída por um espírito de acolhimento um testemunho palpável do poder de Deus agindo em meio a um coletivo.

Esses momentos de desnudar das almas revelam a urgência e a importância do testemunho e da presença de indivíduos dispostos a se doar por um bem comum. Assim, não somos meras peças desconectadas, mas um organismo vivo e pulsante, o poder da unidade, em que cada um de nós soma para o todo. As histórias de restauração que emergem são frequentemente críveis e envolventes, e as experiências vividas por cada um trazem consigo um peso significativo de aprendizado que transcende gerações.

Nos dias atuais, em que a individualidade muitas vezes é exaltada, o cristão é desafiado a colocar em prática a interdependência. Podemos observar um exemplo poderoso nas parábolas de Jesus, em que cada um dos seus discípulos, com suas particularidades e fraquezas, era fundamental na propagação do Evangelho. Da mesma forma, em uma comunidade, o indivíduo é chamado a agir, contribuindo não apenas com sua presença, mas com seu talento e com seu amor. O fortalecimento mútuo se transforma numa rede de apoio, em que todos se sustentam em suas fragilidades e conquistas.

Convido você, leitor, a testemunhar em sua própria vida essa importância de se engajar! Pense sobre como suas ações cotidianas podem influenciar a comunidade à sua volta. Na convivência, podemos nos apoiar, orar uns pelos outros e formar laços que, quando inquebráveis, nos mantêm firmes ante os desafios. Cada gesto de bondade e cada palavra de encorajamento se tornam sementes que germinam e produzem frutos eternos.

Um belo exemplo pode ser encontrado nas pequenas comunidades locais, que frequentemente se reúnem para ações solidárias, como distribuição de alimentos ou apoio a quem esteja passando por dificuldades. A unidade dos membros traz um testemunho robusto de fé ativa, um reflexo do amor de Cristo que se integra à vida de cada um de nós. Ao praticarmos o bem, a regeneração não apenas beneficia aquele que recebe, mas também transforma nosso coração, moldando nos abismos de nossa alma um desejo incontrolável por ser mais como Cristo.

Portanto, não subestime o impacto de sua ação. Cada um de nós é chamado a ser a luz em locais de escuridão, a esperança em locais de desespero. É nesse agir consciente que encontramos um propósito: a edificação da Igreja, o testemunho da verdade e a reintegração da essência de Cristo em nossa sociedade.

Vamos nos lembrar sempre de que em nossas mãos repousa o poder de mudança. Cada comunidade restaurada é um reflexo do amor de Cristo, e em cada um de nós respira a possibilidade de fazer a diferença. Por meio das nossas histórias, que somos chamados a colaborar, a renovar e a transformar, que nesse processo de restauração cada passo dado seja um hino à esperança e ao amor que nos une como Corpo de Cristo.

Caminhos Práticos para a Restauração e a Esperança

Em um mundo que pode, por vezes, parecer desprovido de esperança, a restauração verdadeiramente se torna um ato de coragem e amor. Restaurar é um convite a olhar para dentro de nós mesmos, para as nossas comunicações e interações, e para desenvolver um ciclo de apoio contínuo dentro das comunidades de fé. A pergunta que nos faz refletir é: como podemos colocar a mão na massa e iniciar esse processo de restauração?

Para que uma comunidade possa realmente renascer, é fundamental que se estabeleça um espaço seguro e acolhedor. Um ambiente onde cada voz é ouvida e respeitada. Iniciar a organização de grupos de oração (células) é um dos primeiros passos mais eficazes. Esses encontros não são apenas momento de súplica, mas sim de compartilhar experiências, fragilidades e vitórias, criando assim um laço de empatia e união.

Além disso, promover estudos bíblicos regulares pode proporcionar um profundo crescimento espiritual. É nesse espaço que as verdades bíblicas se tornam tangíveis e as promessas divinas ressoam em nossos corações. O estudo conjunto nos permite aprender não apenas um com o outro, mas também a refletir sobre como aplicar esses aprendizados a nossa vida cotidiana.

A prática de ações sociais é outro caminho de restauração que não deve ser subestimado. Um projeto que envolva a comunidade em ações de solidariedade, como distribuição de alimentos ou visitas a asilos e presídios faz emergir a essência do amor cristão.

Quando juntos, servimos ao próximo, esperamos reaprender o valor da compaixão e da unidade em Cristo. Esses momentos não só beneficiam os necessitados, mas também funcionam como veículos para o fortalecimento dos laços comunitários e da fé individual.

Não podemos esquecer a importância do diálogo. Dentro das comunidades de fé, é fundamental fomentar uma cultura em que todos possam expressar suas opiniões, suas dúvidas e seus questionamentos. Um ambiente encorajador não apenas promove o crescimento espiritual, mas também desenvolve a maturidade e a responsabilidade entre os membros. Um simples encontro para dialogar sobre as questões da vida juntamente às Escrituras pode se tornar um poderoso catalisador de restauração.

Ao final, precisamos nos lembrar do significado genuíno da vitória em Cristo. Não se trata de um triunfo temporário, mas de um estado de almas restauradas, preenchidas pelo amor que vem dele. A confiança na promessa de restauração deve nos oferecer esperança verdadeira, firme em meio às adversidades. Cada passo que damos nesse caminho de renovação é um investimento numa esperança que brilha intensamente.

Assim, ao encerrarmos este capítulo, é tempo de refletir sobre as múltiplas possibilidades que se descortinam diante de nós. Vamos decidir juntos, como comunidade de fé, ser uma luz que brilha em meio à escuridão, um testemunho vivo das promessas de Deus. A jornada de restauração é um processo contínuo, e ao acolher cada um de nós, seremos fortalecidos e levaremos esperança e amor a todos aqueles que cruzarem nossas vidas. Que possamos caminhar na firme certeza de que, em Cristo, tudo é possível.

Capítulo 7

Esperança em Meio à Crise – Como Aplicar os Ensinamentos

Compreendendo a Esperança nas Revelações Apocalípticas

Quando pensamos nas revelações de João, é natural sentir em nosso peito uma chama de esperança que arde intensamente, mesmo em meio às crises mais adversas. A esperança, de fato, não é um mero desejo vago; ela é um alicerce sólido, construído por meio da confiança nas promessas de Deus. À medida que nos aprofundamos nas páginas do Apocalipse, encontramos não apenas profecias sendo reveladas, mas também um testemunho vibrante de que, acima de tudo, o Senhor é soberano.

As palavras nas cartas às sete igrejas são um convite à reflexão. Enquanto João traduz os sentimentos e desafios de pessoas que viviam tempos difíceis, a essência da mensagem é clara: a promessa de renovação e vitória que Deus acolhe em Seu coração para com Sua criação. Em momentos de tribulação, somos frequentemente lembrados de que as dificuldades não são um fim em si mesmas, mas oportunidades de revelar a força e o caráter que o Senhor molda em nós. É como a história de Jó, que, mesmo em seu sofrimento excruciante, reverteu seu lamento em um clamor de fé vigilante. Sua história se ergue como um símbolo imediato da perseverança, uma fotografia do que a verdadeira esperança pode alcançar.

A esperança apocalíptica, por sua vez, não nos convida a morrermos em nosso desespero, mas sim a traçarmos um caminho de fé que nos leva à luz. É nesse lugar que podemos ver um brilho na escuridão, aquela luz que indica que, mesmo nas noites mais longas, o amanhecer é certo. Quando olhamos para a vida de Daniel, por exemplo, ao ser lançado na cova dos leões, não é apenas uma narrativa de sobrevivência; é uma história arrebatadora de confiança que brilha na escuridão. Ele embasou sua fé na certeza do que esperava, e não no que estava diante de seus olhos.

A aplicação desse ensinamento deve ressoar profundamente em nossas vidas hoje. Em vez de nos deixarmos abater pelos desafios, somos exortados a erguer nossa cabeça e estabelecer pontes de esperança. Espero que as experiências dos personagens bíblicos não apenas nos inspirem, mas nos chamem a ação. É a partir da nossa coragem e testemunho que podemos cultivar um clima de esperança ao nosso redor. Cada atitude de fé se torna um farol, guiando nossos passos em direções que refletem a luz de Cristo. É uma experiência coletiva: quando um se levanta, todos se elevam junto.

Portanto, ao meditarmos sobre as verdades reveladas por meio das promessas de Deus, que possamos encontrá-las como sustentáculos diante das lutas cotidianas. A expectativa viva nos impulsiona a comunicar não apenas mensagens de fé, mas a ser agentes de esperança para os necessitados. E assim, seguiremos cada dia mais firmes em nossa missão de restaurar, renovar e reascender a fé dentro e fora de nós, expandindo o impacto da iluminação divina em cada vida que tocamos.

A experiência de vida em um mundo repleto de incertezas e crises muitas vezes nos leva a buscar por esperança de maneiras inesperadas. Ao explorarmos práticas espirituais, descobrimos que cada um de nós carrega um desejo natural de conexão, tanto com o sagrado quanto com aqueles que nos cercam. Assim, as ações que tomamos não apenas nos fortalecem individualmente, mas também estabelecem uma rede de suportes mútuos.

Um dos pilares para a construção de um cotidiano esperançoso é a prática da oração. Quando oramos, abrimos um canal direto de comunicação com Deus, expressando nossas preocupações, medos e desejos. É um ato de fé que nos faz sentir menos sozinhos, conectando-nos a algo maior do que nós mesmos. A oração não precisa ser formal ou estruturada; pode simplesmente ser uma conversa sincera, em que disponibilizamos nosso coração e buscamos a paz que excede todo entendimento.

A meditação nas Escrituras, por sua vez, é uma prática que vai além da leitura. Muita gente percebe a Bíblia como um texto antigo e distante, mas ao meditarmos em seus ensinamentos, encontramos verdades atemporais que falam diretamente às nossas circunstâncias atuais. Escolher um versículo inspirador e refletir sobre seu significado durante o dia pode transformar não apenas a nossa visão, mas também as ações que tomamos. Quando aplicamos a Palavra à vida cotidiana, nuances de esperança e propósito começam a retornar às nossas decisões e interações.

Não podemos esquecer a importância de participar ativamente em comunidades de fé. Esses espaços são cruciais para apoio emocional e espiritual. Visualize um grupo para estudo bíblico. O ambiente de acolhimento e compartilhamento de experiências muitas vezes gera um sentimento de pertencimento, em que todos estão lado a lado, lutando e crescendo juntos. Ser parte de uma comunidade oferece a oportunidade de vivenciar a esperança na prática, por meio de atos de bondade e apoio mútuo. Com isso, tornamo-nos não apenas receptores de amor e apoio, mas também doadores, contribuindo para que a esperança se multiplique.

Um testemunho impactante vem da vida de Helena, que, após perder seu emprego, encontrou conforto e renovação em um grupo de apoio na igreja onde congregava. Ao compartilhar suas ansiedades e também suas vitórias, ela percebeu que não estava sozinha em suas lutas. As histórias de resiliência que ouviu a encorajaram a continuar buscando novas oportunidades e, inegavelmente, a sua visão de futuro se iluminou. Em cada armazenamento de esperança coletiva, cada indivíduo se sentiu fortalecido e capaz de olhar para o futuro com expectativa renovada.

À medida que nos comprometemos com essas práticas espirituais, nasce em nós uma resiliência que pode parecer milagrosa. Essa resiliência se reflete em como lidamos com as tribulações, transformando-a em um combustível poderoso para nossa jornada. Em comunidade, a esperança se torna um ativo que todos podem partilhar, ressoando em cada canto, em cada ato de amor e em cada palavra de encorajamento. À medida que nutrimos nossa fé, percebemos que, mesmo nas mais densas neves da vida, há sempre um sol nascente esperando para romper.

Aberta a possibilidade de revitalizar nossa esperança, que possamos ser intencionais nas nossas escolhas diárias, participando desse ciclo de apoio e renovação espiritual, que não é apenas sobre sobreviver, mas sobre florescer em Cristo. Que a esperança nos una e nos prepare para sermos faróis de luz para aqueles que precisam enxergar além da névoa da crise. É a partir disso que transformamos o presente, moldando um futuro repleto de promessas e possibilidades.

A Esperança como Ação Coletiva

A essência do ser humano pulsa intensamente no desejo de comunidade e apoio mútuo, especialmente em tempos de crise. Quando nos unimos, a esperança ganha formato, quase materializa-se em sorrisos e gestos de solidariedade. Uma comunidade que abraça o outro se transforma em um refúgio, um lar espiritual que ressoa no peito de cada um de seus membros. Não é apenas um ajuntamento de indivíduos; é um corpo em movimento, cada membro cumprindo sua função, promovendo a cura e a restauração.

Imagine um bairro onde a adversidade bate à porta. As casas, antes distantes, começam a se abrir para as relações de apoio. O que antes eram vizinhos que raramente se falavam agora se reúnem para um objetivo comum: ajudar aquele que perdeu tudo em um incêndio ou a família que enfrenta dificuldade financeira.

A unidade, nesse momento, transforma o desespero em ação e a apatia em esperança. Ao levar uma sopa quente ou oferecer um cobertor, cada pequeno ato se traduz em um manifesto da presença de Cristo entre eles.

Uma compreensão mais profunda sobre a prática do amor fraternal se revela em I João 3:18: "Meus filhos, não amemos de palavras, nem de língua, mas por obras e em verdade." Aqui, o chamado para a ação é claro. Não basta ter intenção; é preciso arregaçar as mangas e colocar a compaixão em movimento. Cada gesto simples, quando realizado de coração, pode transformar a narrativa de alguém que se sente desamparado em uma história de renovação.

Ao refletirmos sobre a jornada da igreja primitiva, vemos suas lutas, mas também o poder exibido por meio da união. Havia problemas, dissensões e crises, mas, ao invés de sucumbir, eles encontraram força em sua maior fraqueza: a dependência mútua. As potências do altruísmo, praticadas por homens e mulheres que optaram por servir, tiveram um impacto indelével. As cartas de Paulo exploram o conceito de corpo, em que ninguém é inferior ou superior, mas todos têm um papel crucial na obra de Deus (1 Coríntios 12:12-27).

O que sai disso, para nós, é uma poderosa lição: juntos, somos mais do que a soma de nossas partes. Quando um crente escolhe se envolver com outro, a esperança se torna uma força transformadora. Isso é visível na batalha travada por times de voluntários que se reúnem para reconstruir lares após uma tragédia. Cada prego martelado é um testemunho vivo de que a fé pode fazer a diferença, mesmo quando a vida se curva para desafios imensuráveis.

Além disso, cada comunidade que atua em prol da solidariedade ressoa na vida daqueles que a compõem, ampliando seu alcance e influência. O apoio emocional e psicológico torna-se fortalecido à medida que crentes abrem suas casas, portas e corações. O ato de oferecer apoio pode ser, na verdade, uma forma de louvor e adoração. Assim, a prática da esperança coletiva reflete por aqueles que precisam e também transforma aqueles que dão.

No meio de todas as crises, é valioso lembrar que a esperança não é um conceito que se esvai na dificuldade, mas uma escolha intencional de se mover no amor. Cada comunidade de fé é convidada a agir como um bastão de luz, em que o amor e ações generosas se tornam a bandeira a ser erguida. Em Efésios 4:16, podemos ver essa majestosa verdade: "De quem todo o corpo, bem ajustado e ligado pelo auxílio de todas as juntas, segundo a justa operação de cada parte, faz o aumento do corpo para sua edificação em amor."

Que possamos, portanto, unir forças em momentos de crise, levando esperança e restauração ao próximo. Ao fazermos isso, seremos uma extensão viva do amor de Cristo, refletindo a luz que resplandece mesmo nas noites mais sombrias. É na comunidade em ação que vemos o verdadeiro poder da esperança se desdobrar, restaurando vidas e tocando corações. O desafio está lançado: que cada um de nós seja um portador dessa esperança, transformando não apenas a nossa vida, mas também a vida daqueles que nos cercam.

A Restauração da Esperança por meio de Testemunhos

A esperança não é apenas um conceito abstrato; ela se reveste de histórias, emoções e vivências que lidam diretamente com os desafios que enfrentamos. As narrativas de vida, permeadas por fé e superação, servem como faróis, iluminando os caminhos de quem está em busca de renovação. É nesse espírito que destaco testemunhos de indivíduos e comunidades que, em meio à crise, conseguiram restaurar suas esperanças e transformar suas realidades.

Em uma pequena cidade, a igreja local foi atingida por uma tragédia que deixou seus membros devastados. Uma grande enchente destruiu o templo, e os laços que antes uniam a comunidade estavam em risco de se desvanecer. Contudo, nesse momento de desespero, um jovem chamado Samuel decidiu que não era hora de baixar as cabeças. Ele propôs que, ao invés de se lamentarem, os membros se reunissem para reconstruir não apenas as estruturas físicas, mas também a própria essência da fé que os unia.

Com o apoio dos mais velhos, os jovens iniciaram uma jornada de encontros semanais. A cada reunião, eles não apenas compartilhavam suas tristezas, mas também suas crenças e esperanças. Testemunhos foram surgindo, e cada um deles era uma centelha que reacendia a chama da fé coletiva. A história de uma mãe que, apesar de perder quase tudo, testemunhou ter a força renovada por meio da oração, emocionou a todos. Ela relatou, como as pessoas ao redor, que movimentos simples de fé e amor haviam sido a sua âncora em meio à tempestade.

Enquanto os dias passavam, a comunidade foi se fortalecendo. A resiliência de cada membro se manifestou na ajuda mútua, na troca de experiências e na reconstrução do que havia sido perdido. Como uma fênix que renasce das cinzas, a igreja começou a tomar forma novamente. Samuel e seus amigos não estavam apenas erguendo paredes; estavam solidificando um espírito de unidade que valia muito mais que uma estrutura física.

A história de resiliência coletiva se consolidou em um evento culminante: uma celebração de ação de graças, que reuniu não apenas os membros da igreja, mas também a comunidade em geral. O que era, em seu início, um momento de perda, transformou-se em um exemplo vivo do que a esperança pode criar quando nutrida com amor, fé e ação. A renovação foi visível não apenas na nova edificação, mas também nas relações que floresceram e fortaleceram a todos os envolvidos.

Por outro lado, encontramos um relato impactante em uma cidade diferente, onde uma mulher chamada Ana, enfrentando a solidão e a tristeza após a perda do esposo, decidiu buscar apoio em sua vizinhança. Em vez de se encerrar em seu luto, começou a organizar um pequeno grupo de apoio. Ela convidou pessoas que passaram por situações similares para partilhar suas dores e alegrias, criando um espaço seguro para que todos pudessem se expressar.

Cada encontro de Ana se transformou em um testemunho poderoso. Ela compartilhou como a fé a tinha ajudado a passar por aquele momento difícil e como encontrara esperança nas orações que fazia todas as noites. O grupo não apenas se tornou um refúgio, mas um laboratório de cura e amor. Com o passar dos meses, as vidas de todos os membros foram tocadas por histórias que, embora surgidas da dor, se entrelaçavam numa tapeçaria de novas esperanças e recomeços.

Ana experimentou um renascimento pessoal enquanto ouvia e incentivava outros a contarem suas próprias histórias de superação. O que começou como um círculo íntimo tornou-se uma rede de solidariedade, em que ninguém mais se sentia sozinho. A partir de cada testemunho, as promessas de Deus se tornaram vivas, refletindo que, mesmo em meio à angústia, a esperança nunca se apaga.

Assim, enquanto exploramos essas narrativas, somos lembrados de que o testemunho individual não é só uma experiência pessoal, mas um reflexo da coletividade da fé. Cada história de esperança, cada ato de solidariedade, tem o poder de inspirar outros. Quando abrimos nossos corações e compartilhamos, convidamos à reflexão e à ação, mostrando que a restauração não é apenas um destino, e sim uma jornada que deve ser feita em conjunto.

Que possamos buscar a luz dessa esperança em nossa própria vida, permitindo que as histórias inspiradoras que ouvimos nos impulsionem para agir e restaurar. Em um mundo ávido por renovação, que nos tornemos não apenas receptores, mas também portadores da esperança que criamos juntos. A cada testemunho compartilhado, vamos colorindo as páginas da fé que desabrocha mesmo nas circunstâncias mais áridas.

CAPÍTULO 8

A LUTA ENTRE O BEM E O MAL – ENTENDENDO A BATALHA ESPIRITUAL

A natureza da batalha espiritual é um tema profundamente atual, frequentemente ignorado ou relegado a um segundo plano em nosso cotidiano agitado. No entanto, é na interseção entre o visível e o invisível que a verdadeira essência dessa luta se revela. Todos nós, em algum momento, nos sentimos cercados por forças que agem de maneiras que não conseguimos compreender inteiramente. As alegrias e os desafios da vida, as pequenas derrotas ou as grandes vitórias, tudo envolve uma energia que vai além do entendimento humano. Ao mergulharmos nas profundezas das Escrituras, encontramos histórias que mostram nossa própria luta interior. O apóstolo Paulo deixou registrado na epístola a igreja de efésios no capítulo 6:10-12: "No demais irmãos meus, fortalecei-vos no senhor e na força de seu poder, revesti-vos de toda a armadura de Deus para que possais estais firmes contra as astutas ciladas do diabo, pois não temos que lutar contra carne e o sangue, mas, sim, contra os principados, contra as potestades, contra os príncipes das trevas deste século, contra as hostes espirituais da maldade nos lugares celestiais".

Quando lemos sobre a batalha entre o bem e o mal, somos confrontados com a realidade das forças em jogo. Em 2 Coríntios 10:3-4, é dito que "não vivemos segundo a carne, e sim que as armas da nossa milícia não são carnais, mas poderosas em Deus para desmantelar fortalezas." Aqui, a mensagem é clara: não estamos sozinhos nessa luta. Existem armas divinas, ferramentas espirituais que podemos aplicar em nossas vidas para superar as adversidades.

A atuação do sobrenatural nas nossas vidas é um fato explícito nas narrativas bíblicas. Quando Elias enfrentou os profetas de Baal no Monte Carmelo, vemos a resistência do bem contra o mal em uma luta que transcendeu a física. As chamas dos céus se mostraram não apenas como terreno de manifestação da glória de Deus, mas como um lembrete poderoso de que a vitória pertence àqueles que permanecem fiéis. Isso nos ensina que a fé e a inclinação a buscar o que é justo são chaves cruciais na batalha espiritual.

Assim sendo, o papel do crente nesse cenário é de suma importância. Uma escuta atenta ao chamado divino exige discernimento. Em Efésios 6:10-13, somos exortados a "fortalecer-nos no Senhor e na força do seu poder" e a vestir toda a armadura de Deus, para podermos resistir nos dias maus. Portanto, o discernimento espiritual se torna uma âncora em tempos de incerteza. A vigilância e a busca ativa por compreensão nos tornam não apenas sobreviventes, mas verdadeiros guerreiros no campo de batalha.

Quando a precipitação diária nos absorve, é fácil esquecer que a vida é muito mais do que uma série de eventos que consideramos isoladamente. Cada dificuldade que enfrentamos é uma oportunidade para nos aprofundarmos na relação com Deus e, assim, na nossa capacidade de nos tornarmos mais audazes. Aqueles que entenderem essa realidade formam uma equipe de guerreiros em que só temos a ganhar: se um cair, o outro levantará.

Estar atento ao que se oculta sob a superfície se torna essencial. As correntes que nos prendem podem ser invisíveis, mas suas consequências são palpáveis. E em cada passo na busca pela compreensão, percebemos que o caminho do bem é repleto de luta, mas também de sacrifício e entrega. Nessa trajetória, com fé e perseverança, encontramos a força que nos motiva, quase como se a própria luta se tornasse um catalisador da grandiosa transformação.

Portanto, à medida que avançamos neste estudo da batalha espiritual, lembramos que a clara importância de discernir o que é do bem e o que é do mal não é uma escolha, mas uma missão. Ser no mundo, mas não dele, nos equipa e nos prepara para a vitória. É a luta entre as fraquezas humanas e a força divinal que verdadeiramente transforma nosso caráter e nos dá coragem para agir em nome da fé. É nesse espaço sagrado que somos moldados e preparados, prontos para confrontar não apenas a batalha que enfrentamos individualmente, mas também a guerra mais extensa pelo bem maior.

Com isso, que possamos, ao longo deste capítulo, nos aprofundar no entendimento prático dessa luta, sempre prontos para enfrentar com bravura as adversidades, munidos da certeza de que a vitória é assegurada para aqueles que creem.

Os Agentes do Bem e do Mal

No campo invisível da batalha espiritual, duas forças antagônicas operam com grande fervor: os agentes do bem e os agentes do mal. Essa luta transcende o que podemos ver, mergulhando na profundidade da nossa experiência cotidiana, nos confrontos silenciosos que travamos em nossos corações e mentes. Em momentos críticos, quando o desespero ameaça nos consumir, é essencial lembrar que não estamos sozinhos. As Escrituras nos revelam que anjos e demônios estão em constante ação, alinhados em seu propósito supremo.

Os anjos, esses seres celestiais, não são meramente símbolos de bondade e luz. São agentes de Deus, enviados para confortar, proteger e guiar aqueles que O temem. Em Hebreus 1:14, está escrito que eles são "espíritos ministradores enviados para servir aqueles que hão de herdar a salvação". Sua presença traz um assento de paz em meio à tempestade e fortalece a fé dos crentes, lembrando-nos de que as batalhas mais difíceis são travadas com a ajuda que recebemos do Alto.

Por outro lado, as forças malignas também estão em ação. Seres como os demônios, representados nas Escrituras, buscam destruir e desacreditar tudo que está alinhado com o propósito de Deus. Na tentação de Jesus no deserto, conforme narrado em Mateus 4:1-11, vemos claramente a estratégia do adversário: insinuações sutis e promessas sedutoras. É um alerta constante sobre a fragilidade humana diante das investidas do mal, que muitas vezes sussurra nos momentos de fraqueza e dúvida.

Estamos diante de um dilema: como podemos, em meio a essas influências, permanecer firmes na fé e assegurar que nossos corações e mentes estejam protegidos? É uma questão crítica, especialmente em um mundo saturado por diversões, distrações e desafios que testam constantemente nossos limites. A armadura de Deus, descrita em Efésios 6:10-18, se torna um arsenal necessário em nossa jornada. A verdade, a justiça, a fé e a Palavra se entrelaçam como uma rede poderosa para nos proteger das flechas inflamadas do maligno.

Cada peça da armadura é essencial. Quando nos revestimos dela, estamos proclamando que nossas batalhas não são físicas, mas espirituais. Ao envergar a verdade como um cinto, somos lembrados da importância de vivermos na autenticidade, sendo honestos sobre nossas lutas e fraquezas. E ao calçar os pés com a preparação do evangelho da paz, somos chamados não apenas a nós mesmos, mas também a levar esperança aos que nos cercam.

Em nossos encontros diários, frequentemente podemos ser guiados por um anjo que se manifesta por meio de uma amizade sincera ou de um gesto generoso. E em oposição, devemos estar sempre alerta para as sutis tentações que podem facilmente nos desviar do caminho. Às vezes pode parecer apenas um pequeno deslize, uma simples decisão que não leva em conta o bem maior. Contudo, na espiritualidade, são esses pequenos momentos que têm o potencial de moldar não apenas o nosso destino, mas também o destino de gerações.

Importante é lembrarmos que somos, de fato, agentes nessa luta. Nossas escolhas diárias são reflexões desse confronto essencial entre o bem e o mal. Ao enfrentarmos as tentações que surgem, podemos ancorar nossa esperança na certeza de que, com a ajuda divina, somos mais do que vencedores. É essa certeza que nos capacita a resistir, a buscar a conexão com o sagrado e a lutar não com nossas próprias forças, mas com as armaduras que Deus fornece, a couraça da justiça, o capacete da salvação, o escudo da fé e a espada do espírito.

Portanto, ao avançarmos neste capítulo, que possamos estar atentos aos sinais de luta ao nosso redor. Ignorar a batalha espiritual é torná-la ainda mais perigosa e insidiosa. Nesse campo de batalha, que possamos ser soldados de luz, revestidos de coragem e determinação, prontos para lutar com fé e esperança, confiantes na vitória que já foi prometida a todos que creem.

As consequências de nossas escolhas nos lembram constantemente do poder que temos nas mãos. Cada decisão que tomamos não apenas molda o nosso presente, mas também projeta sombras sobre os caminhos que iremos trilhar no futuro. Ao refletirmos sobre o livre arbítrio enfatizado nas Escrituras, temos a oportunidade de discernir nossas ações com maior profundidade.

É na escolha de seguir o caminho de Deus que a luz divina se reflete em nossas vidas. As histórias de personagens bíblicos, como Moisés e Jonas, nos ensinam que cada escolha carregada de significado pode lançar ondas de impacto em toda a história de um povo. Moisés, ao decidir salvar o seu povo da escravidão, não apenas enfrentou a opressão de Faraó, mas também se tornou um símbolo de libertação para gerações. Por outro lado, a hesitação de Jonas em cumprir a ordem de Deus levou a consequências que se revelaram muito maiores do que ele poderia imaginar.

Como podemos aplicar essa sabedoria em nossa jornada pessoal? Primeiro, precisamos reconhecer que a escolha de permanecer em comunhão com Deus fortalece nossas bases. Em provérbios, somos advertidos de que "o coração do homem planeja o seu caminho, mas o Senhor lhe dirige os passos" (Provérbios 16:9). Isso nos convida a colocar nossas decisões sob a orientação do Espírito Santo. Não se trata apenas de listas de ações, mas de desenvolver uma sensibilidade à voz de Deus que nos guia nas bifurcações da vida.

Um exemplo prático disso pode ser visto na jornada de um jovem empresário que decidiu colocar princípios éticos e valores cristãos em seu negócio. Em vez de buscar lucros a qualquer custo, ele optou por honestidade e transparência nas transações. O que poderia inicialmente parecer uma escolha arriscada, mostrando que levar a sério os mandamentos de Deus custava mais no curto prazo, acabou trazendo uma fidelização de clientes que repercutiu em uma prosperidade duradoura. Sua escolha se tornou uma história de triunfo, na qual a fé no que é certo prevaleceu sobre as pressões e tentações momentâneas.

Novamente, podemos ver como os ciclos de nossas decisões não impactam apenas a nós, mas também aqueles que estão ao nosso redor. Quando um membro da família decide trilhar um caminho de fé, ele não só transforma sua própria vida, mas também influenciando ou despertando outros para seguir esse exemplo. A responsabilidade de um grupo não pode ser subestimada. O que vemos dessa dinâmica é que nossas ações desencadeiam uma série de reações nas vidas alheias, sendo uma rede imensa de impacto positivo, ou, inesperadamente, um ciclo de negatividade.

Esse conceito ressoa profundamente na ideia de comunhão. Em Hebreus 10:24-25, somos incentivados a nos considerar mutuamente e a nos estimular ao amor e às boas obras, não deixando de nos reunir. Aquilo que fazemos como comunidade ressalta a importância de escolhas conscientes. Quando nos reunimos, compartilhamos nossas lutas e vitórias, e essa troca gera um ambiente de esperança e renovação.

A reflexão sobre suas escolhas deve ser constantemente realizada. Por exemplo, a escolha de como reagir a um desafio familiar ou profissional pode ser a diferença entre a paz e a discórdia, a edificação ou a destruição. Ao observar e trazer à luz as decisões que nos afastam do propósito de Deus, fazemos um grande favor a nós mesmos. O simples ato de pausar e perguntar: "Essa decisão reflete o que Deus quer para minha vida?" já é um passo valioso.

Assim, ao nos debruçarmos sobre as consequências de nossas escolhas, que possamos ter a coragem de alinhá-las com os princípios do Reino. E, como um lembrete, a fidelidade na adversidade pode nos levar a uma vitória gloriosa em Cristo. Que as lições de nossos ancestrais e as verdades do Evangelho permeiem nossas decisões, moldando não apenas o nosso destino, mas também o futuro de muitos que nos cercam. Sigamos em frente com a certeza de que as escolhas sob a direção divina produzem frutos que vão muito além de nós mesmos, impactando vidas por gerações a fio.

Na complexa dança das batalhas espirituais, cada um de nós é convidado a se posicionar, a permanecer firme em nossa fé e a agir como verdadeiros guerreiros da luz. Esse é um chamado que perdura ao longo dos tempos, ressoando nas páginas das Escrituras e se manifestando em nossas realidades diárias. O que significa, então, permanecer firme quando as tempestades da vida nos rodeiam? Como podemos fortalecer nossa fé em um mundo repleto de incertezas e distrações?

Primeiramente, é indispensável que nos lancemos ao hábito da oração, mais uma vez a chamada para a ação. Esse não é apenas um ritual religioso; é um verdadeiro relacionamento com o Criador. Em Filipenses 4:6-7, somos exortados a não andarmos ansiosos, mas a apresentarmos nossas petições a Deus com súplicas e ações de graças. Por meio da oração, abrimos uma porta que nos conecta a um entendimento superior, uma paz que ultrapassa todo entendimento. A prática regular da oração não apenas fortalece nosso espírito, mas também nos é um abrigo seguro em tempos de dificuldade.

Ao lado da oração, o jejum aparece como uma forma poderosa de disciplina espiritual. Jejuar nos ajuda a intensificar a comunicação com Deus, pois retira as distrações do nosso caminho e nos permite focar em sua presença. E principalmente nos ensina a resistir as tentações pelo meio do caminho. Lembremo-nos da experiência de Jesus no deserto, em que após ter jejuado por 40 dias e 40 noites, Ele resistiu a todas as tentações que o império das trevas lançou sobre Ele. O verdadeiro jejum se reflete na nossa vida ao escolher nos afastar das preocupações terrenas e direcionar nossa mente e coração para os assuntos do reino de Deus.

Além disso, a meditação nas Escrituras é uma prática que deve ser cultivada com o mesmo zelo. Quando dedicamos um tempo para refletir em passagens bíblicas, deixamos que elas nos moldem e nos conduzam. É no mergulhar nas verdades eternas que encontramos respostas para nossas lutas diárias. Apenas algumas linhas do Salmo 119 nos lembram: "A tua palavra é lâmpada para os meus pés, e luz para o meu caminho." Esse conhecimento ilumina as trevas que podem nos assolar, guiando nossos passos com segurança.

Portanto, ao entrarmos nas batalhas espirituais diárias, a aplicação dessas práticas se torna nossa armadura. Em um mundo que constantemente nos bombardeia com dúvidas e desafios, temos a oportunidade de nos revestir de fé. Cada oração, cada jejum e cada momento meditando nas Escrituras se converte em fortalezas de proteção sobrenatural. Ao vivermos intensamente essas práticas, nos tornamos não apenas resistentes às investidas do mal, mas também portadores da luz que brilha nas sombras.

Não esqueçamos que o poder de permanecer firme não é encontrado simplesmente nas nossas habilidades, mas na profunda dependência do Senhor. É Ele quem nos sustenta, nos fortalece e nos prepara para a batalha. Portanto, ao enfrentarmos resistência, que nossos corações estejam firmes e nossa fé inabalável. Que cada batalha, grande ou pequena, se torne uma oportunidade para forjar uma fé mais robusta e um relacionamento mais profundo com Aquele que nos chamou para sermos soldados do bem em meio ao caos.

Em conclusão, é por meio da oração, do jejum e da meditação das Escrituras que encontramos não apenas forças, mas uma transformação vital que dá novo significado a nossas lutas. Em cada passo dessa jornada, que possamos lembrar que a promessa de vitória em Cristo não é apenas um ideal; é uma realidade para aqueles que se dispõem a lutar, onde quer que a batalha se apresente. Portanto, que sigamos firmes, confiantes de que, em todas as coisas, somos mais do que vencedores.

Capítulo 9

Visões Contemporâneas da Escatologia – Diferentes Interpretações

A escatologia, por definição, é o estudo das coisas finais ou do fim dos tempos, uma temática tão intrínseca às tradições religiosas, especialmente no cristianismo. O que deve ser destacado, antes de qualquer análise, é a imensidão do impacto que a escatologia possui não apenas nas doutrinas, mas na vida cotidiana dos crentes. Este capítulo se debruça sobre a complexidade desse tema, em que se entrelaçam teologias, interpretações e as dinâmicas de crenças que moldam, até hoje, experiências espirituais ao redor do mundo.

Historicamente, assistimos à pluralidade de abordagens dentro da escatologia, com diferentes denominações religiosas oferecendo suas interpretações únicas sobre profecias e eventos finais. O contexto em que cada interpretação emerge, profundamente influenciado por circunstâncias sociais, políticas e culturais, enriquece a beleza e a complexidade da jornada da fé. Ao refletirmos sobre passagens como o milênio em Apocalipse, é inevitável que cada grupo interprete as imagens simbólicas e mensagens de acordo com suas realidades, e, assim, surgem visões que, embora distintas, buscam a mesma esperança final.

Como exemplo, podemos observar diferentes instituições cristãs que adotam posturas separadas em relação ao retorno de Cristo e o reinado milenar. Os pré-milenistas, por exemplo, proferem a crença de que Cristo retornará antes de um reinado literal de mil anos, enquanto os pós-milenistas acreditam que a igreja deve prevalecer sobre a Terra antes desse retorno. Já os amilenistas veem a maioria das profecias de forma simbólica, negando a ideia de um reinado milenar literal. Essas diferenças não apenas informam teologicamente cada grupo, mas também influenciam práticas e a vivência da fé em cada um deles.

Ademais, as circunstâncias históricas frequentemente oferecem lentes diferentes a partir das quais se interpretam os textos apocalípticos. A Reforma Protestante, por exemplo, trouxe à tona novos entendimentos que ressoaram fortemente em toda a Europa, fazendo com que certas interpretações fossem adaptadas para um contexto de luta e desejo de redescoberta da verdadeira fé. De igual forma, os eventos globais como as Guerras Mundiais criaram um ambiente propício para novas reflexões teológicas sobre a fim dos tempos, levando à formação de movimentos que buscavam respostas em meio ao caos.

Contudo, em nossa era contemporânea, notamos um aumento de perspectivas menos convencionais. A busca por traduções mais alegóricas e simbólicas do Apocalipse reflete uma necessidade de conectar os escritos sagrados com questões contemporâneas de justiça, meio ambiente e sociedade. Aqui, os estudiosos estão cada vez mais se afastando de interpretações rígidas e apocalípticas, lançando um olhar para o interior, vendo no Apocalipse um chamado à ação e à consciência sobre o aqui e o agora.

É fundamental, portanto, para o leitor refletir sobre sua própria interpretação da escatologia. Considerar o que deseja levar adiante quando se trata do impacto que esses ensinamentos podem ter em sua vida é uma prática que não deve ser subestimada. Afinal, as diferentes visões da escatologia não devem ser vistas como divisórias, mas como um convite ao diálogo saudável e à reflexão coletiva.

Vamos iniciar, então, uma análise que estimulará a compreensão das diversas nuances da escatologia, sempre com o desejo de buscar um terreno comum na bondade prometida à humanidade. Que as palavras aqui escritas inspirem uma profunda conexão com as Escrituras, à medida que fantasiamos o futuro com olhos de fé, preparados para ouvir a voz do Autor que, mesmo em meio a revelações complexas, nos oferece pérolas de esperança e comunhão.

Interpretações Tradicionais e Modernas

À medida que nos debruçamos sobre as diversas interpretações da escatologia, é essencial destacar a riqueza e a complexidade que emergem de diferentes correntes teológicas. A primeira divisão mais notável é entre aquelas que se apresentam como tradicionais e as que podemos classificar como modernas.

Os pré-milenistas, por exemplo, sustentam a crença de que o retorno de Cristo culminará em um reinado literal de mil anos sobre a Terra. Essa perspectiva não é apenas uma expectativa otimista, mas é descrita meticulosamente nas profecias de Daniel e Apocalipse, em que visões de um tempo de paz e justiça divina são centralizadas. Para os pré-milenistas, viver na crença de que esse reinado está por vir infunde esperança e um senso de urgência no espalhar do Evangelho, evidenciando que cada vida tocada por essa mensagem é contribuição para a realização desse futuro glorioso.

Por outro lado, os pós-milenistas adotam uma visão que enfatiza o papel da Igreja na transformação do mundo para que, por meio da evangelização, o reino de Deus possa ser aproximado antes do retorno de Cristo. Para eles, a responsabilidade está nas mãos dos crentes, somos nós quem devemos trabalhar ativamente pela construção desse reino, promovendo justiça, paz e amor nas nossas comunidades. Olhando para a história, vai-se notar que essa interpretação floresceu especialmente durante períodos de renovação espiritual, quando movimentos sociais começaram a surgir fortemente, impulsionados pelos ideais de justiça social.

Os amilenistas, por outro lado, trazem uma compreensão mais alegórica, cultivando a ideia de que o milênio não deve ser lido literalmente, mas como uma representação do reinado de Cristo que já se estabelece nos corações dos crentes. Essa abordagem ressoou muito, especialmente nas épocas de perseguições, quando comunidades de fé precisavam se segurar à esperança de que, mesmo em meio a desafios, o reino de Deus já estava em operação, mas oculto aos olhos humanos. A ênfase na impermanência do mundo material e a promessa de restauração eterna inspiram um modo de vida que busca influenciar as realidades presentes com ações de compaixão e serviço.

Além de tudo isso, não podemos ignorar como os eventos significativos da história influenciaram a esculpir essas interpretações. Quando a Reforma Protestante emergiu, a preocupação com a salvação individual e a autenticidade do culto estimularam muitas das visões contemporâneas que ainda ecoam. A necessidade da Igreja de se redefinir provocou uma análise crítica das escrituras apocalípticas, levando pensadores a reavaliar os textos proféticos à luz das necessidades da época.

Recentemente, vendo os temas sociais, ambientais e de justiça se entrelaçarem com a escatologia, um novo espectro de interpretação se elevou. As visões contemporâneas do Apocalipse estão elevando denúncias contra injustiças e clamando por responsabilidade social, reinterpretando as mensagens sobre juízo sob uma ótica de resistência às opressões atuais. Tal mudança ressoou em muitas comunidades de fé, onde se percebe que o chamado profético não é apenas uma previsão do futuro, mas uma ativa convocação à ação no presente.

Em suma, as diversas interpretações da escatologia refletem tanto as convicções eternas dos crentes quanto os contornos de um mundo em constante mudança. A mensagem central persiste: independentemente da interpretação, existe um chamado à esperança, à vida proativa e à vivência dos valores de Cristo. Cada um de nós é convidado a explorar e discutir sua posição dentro desse rico espectro, pois as respostas que encontramos têm a capacidade de impactar nossas vidas e a trajetória da Igreja como um todo.

Impacto das Interpretações na Prática Religiosa Atual

À medida que mergulhamos nas diferentes interpretações da escatologia, é primordial compreender como cada uma delas repercute nas práticas religiosas das comunidades contemporâneas. As visões variadas sobre o futuro não são meras teorias; elas moldam a forma como os crentes se conectam com sua fé e agem no dia a dia.

Por exemplo, para os pré-milenistas, a expectativa de um retorno físico de Cristo para estabelecer um reinado de paz gera um senso de antecipação e urgência em sua missão evangelizadora. Eles sentem que cada ato de amor e compaixão é parte de um esforço maior para preparar o caminho para esse reinado prometido. É comum ver comunidades que se organizam para ações sociais, abraçando a causa dos necessitados, impulsionadas pela crença de que suas ações refletem a vontade divinal para um futuro glorioso.

Em contraste, os pós-milenistas, que acreditam que a Igreja tem um papel ativo na transformação do mundo até a vinda de Cristo, tendem a se envolver em iniciativas de justiça social. Aqui, a ética cristã ganha forma prática, refletindo uma responsabilidade coletiva de fazer do planeta um lugar melhor antes do retorno do Salvador. Movimentos ecumênicos e de ativismo social muitas vezes encontram raízes nessa visão, em que a fé se manifesta em ações concretas em prol do bem comum.

Nos círculos amilenistas, os crentes veem a vida cristã como uma experiência espiritual mais interna e simbólica. A percepção é de que o milênio descrito nas Escrituras já se realiza de maneira espiritual nos corações dos crentes. Isso leva a uma cultura de espiritualidade que valoriza introspecção, oração e comunhão com Deus, mas pode trazer a crítica de uma relação mais desconectada com as questões sociais, visto que a mentalidade pode se concentrar mais nas experiências individuais e menos nas suas implicações sociais.

Ainda assim, a crescente busca por uma compreensão contemporânea da escatologia dá origem a uma nova forma de engajamento. Não é raro encontrar Igrejas e comunidades de fé explorando temas relevantes como a ética ambiental e a luta por justiça social sob uma luz escatológica. Esses movimentos revelam as exigências proféticas do Apocalipse, levantando vozes contra a opressão e clamando por ação social em resposta aos desafios globais.

Assim, as diversas interpretações da escatologia não apenas informam a teologia, mas também a ética, criando um mosaico de experiências e abordagens na vida cristã. Isso provoca um rico diálogo entre os grupos, que pode atuar tanto na construção de pontes quanto na criação de divisões. Um líder religioso pode, por exemplo, optar por se concentrar nas semelhanças entre visões escatológicas, incentivando a unidade dentre os crentes, ou, pelo contrário, destacar as diferenças, levando a uma polarização.

Esses diferentes enfoques dentro da escatologia e suas implicações no viver diário nos convidam a refletir. Como as expectativas que temos sobre o fim do mundo moldam nossos comportamentos atuais? Ao explorarmos essa interseção entre a visão escatológica e a prática religiosa cotidiana, somos levados a um espaço de aprendizado profundo. Um convite a ponderar não apenas sobre o que acreditamos, mas sobre a responsabilidade que isso nos traz.

Deixemos que essas reflexões moldem nossas vidas, nos preparando para um diálogo aberto e acolhedor, em que a diversidade em crença possa se converter em abundância de aprendizado. Na pluralidade de interpretações, que possamos descobrir as ricas lições de amor, compaixão e esperança que nos unem na fé em Jesus Cristo, independentemente de nossos diferentes olhares sobre o futuro. Porém há uma única verdade; Jesus vem.

Jesus vem e pode ser hoje.

Dizer que Jesus vem não é uma novidade para nenhum daqueles que entregaram a sua vida para Cristo, tendo a salvação como seu maior objetivo, como seu maior propósito, a mensagem da vinda de Jesus, ela não assusta, ela não foi criada para gerar temor, pavor, medo, a mensagem do arrebatamento não foi uma ideia que o seu avô pregou para o seu pai para que ele não se desviasse e o seu pai começou a usá-la para te pressionar para que você não se desviasse também, não!

A vinda de Jesus é a realidade e nossa esperança, aqueles que entregaram a vida a Cristo e que foram lavados e redimidos no seu sangue.

Eles clamam todos os dias, dizendo Jesus não tarde voltar, Jesus venha o mais rápido possível, já estamos cansados do mundo, já não aguentamos mais os noticiários de corrupção, a violência já nos estressa, não nos cabe mais na Terra, vem.

Leva-nos para a glória.

Jesus vem!

E é uma realidade que foi pregada pelos profetas, os profetas da Bíblia anunciaram isso, Daniel falou disso, Ezequiel falou, Zacarias falou, Joel disse acerca do dia do Senhor, o Profeta Malaquias disse que veríamos a diferença entre o justo e o ímpio, entre aquele que serve a Deus e aquele que não serve.

O próprio Jesus pregou acerca da sua vinda, quem não se lembra que ele disse no evangelho escrito por Mateus 25:13: "Vigiai, porque não sabeis o dia nem a hora em que o filho do homem há de vir".

O próprio Jesus ainda nos alertou dizendo: "Eu vou preparar lugar e eu voltarei outra vez e vos levareis para mim mesmo, para que onde eu estiver estejais vós também".

A mensagem da vinda de Jesus foi a primeira que os anjos anunciaram para nós após Jesus ter subido aos céus, os discípulos ainda estavam no Monte das Oliveiras.

Quando de repente dessem dois anjos e se põem no meio deles e dizem: "Varões irmãos, por que estás olhando para cima? Este Jesus que dentre vós foi recebido no céu, tem uma boa notícia; ele há de vir assim como para o céu vistes subir, JESUS VEM".

JESUS VEM e essa é nossa maior esperança. Jesus vem e minha pergunta é: você está preparado?

Jesus vem e minha pergunta é: você anseia pela sua volta? Ou os prazeres do mundo já se tornaram a prioridade maior em sua vida? Ou você ora todos os dias dizendo: Jesus não volta, porque eu ainda tenho um plano, tenho um carro que eu quero comprar, tem uma casa que ainda quero construir, tem um terreno que eu quero negociar, tenho sonhos para realizar.

Ei, aqueles que lavaram as vestes no sangue do cordeiro não têm nenhum sonho maior que morar nos céus, não têm nenhum sonho maior que ouvir o soar da última trombeta.

Porém, há algumas diferenças entre as duas vindas de Jesus;

Na primeira vinda – Ele veio na TERRA,
Na segunda vinda – Ele virá nos ARES.

Na primeira vinda – Ele veio em carne MORTAL,
Na segunda vinda – Ele virá como espírito VIVIFICANTE.

Na primeira vinda – Ele veio no ventre de MARIA,
Na segunda vinda – Ele virá rodeado por ANJOS.

Na primeira vinda – Ele veio em uma MANJEDOURA,
Na segunda vinda – Ele virá em uma NUVEM.

Na primeira vinda – Ele veio para PLANTAR,
Na segunda vinda – Ele virá para COLHER.

Na primeira vinda – Ele veio para SALVAR,
Na segunda vinda – Ele virá buscar os SALVOS.

Na primeira vinda – Ele veio para LIBERTAR,
Na segunda vinda – Ele virá buscar os LIBERTOS.

Na primeira vinda – Ele veio para CHORAR,
Na segunda vinda – Ele virá para SORRIR.

Na primeira vinda – Ele veio para SOFRER,
Na segunda vinda – Ele aliviará o nosso SOFRIMENTO.

Na primeira vinda – Ele veio como JESUS,
Na segunda vinda – Ele virá como MESSIAS.

Na primeira vinda – Ele veio como filho de DAVI,
Na segunda vinda – Ele virá como o SENHOR DE DAVI.

Na primeira vinda – Ele veio para PROFETIZAR,
Na segunda vinda – Ele virá cumprir a PROFECIA.

Na primeira vinda – Ele veio em uma CRUZ,
Na segunda vinda – Ele virá em um TRONO.

Na primeira vinda – Ele usou uma coroa de ESPINHOS,
Na segunda vinda – Ele usará uma coroa de GLÓRIA.

Na primeira vinda – Ele usou um caniço de MADEIRA,
Na segunda vinda – Ele usará um CETRO DE JUSTIÇA.

Na primeira vinda – Ele usou um MANTO DE PÚRPURA,
Na segunda vinda – Ele usará ROUPA DE MAJESTADE.

Na primeira vinda – Ele veio como SERVO,
Na segunda vinda – Ele virá como SENHOR.

Na primeira vinda – Ele veio como SÚDITO,

Na segunda vinda – Ele virá como REI.

Na primeira vinda – Ele veio como ADVOGADO,

Na segunda vinda – Ele virá como JUIZ.

Na primeira vinda – Ele foi condenado pelos HOMENS,

Na segunda vinda – Ele julgará com EQUIDADE E JUSTIÇA.

Na primeira vinda – Ele veio POBRE E HUMILDE,

Na segunda vinda – Ele virá PODEROSO E EXALTADO.

Na primeira vinda – Ele veio como SOLDADO,

Na segunda vinda – Ele virá como GENERAL.

Na primeira vinda – Ele veio para MORRER,

Na segunda vinda – Ele virá para MATAR.

Na primeira vinda – Ele veio montando em um jumentinho, ANIMAL DE PAZ,

Na segunda vinda – Ele virá montado em um cavalo branco, ANIMAL DE GUERRA.

Na primeira vinda – Ele veio como CORDEIRO MANSO,

Na segunda vinda – Ele virá como o LEÃO DA TRIBO DE JUDÁ.

Na primeira vinda – Ele veio preparar a NOIVA,

Na segunda vinda – Ele virá ARREBATAR A SUA IGREJA.

Um Convite ao Diálogo e à Reflexão

Ao longo de nossa jornada pela escatologia, somos confrontados com a vastidão das suas interpretações e a relevância que isso carrega em nossas práticas diárias. Agora, mais do que nunca, é necessário que observemos nossas próprias crenças e consideremos como elas impactam nossas vidas, nossas ações e as comunidades às quais pertencemos. Convido você, querido leitor, a refletir sobre o que sua fé escatológica realmente significa para você.

Nesse sentido, isso nos leva a um espaço valioso de diálogo, em que as diferentes perspectivas devem ser respeitadas e discutidas com um coração aberto. A escatologia não é apenas sobre o futuro; é sobre como vivemos hoje, à luz das promessas divinas. Ao estudarmos as diversas interpretações, que possamos nos ver não como opositores, mas como membros de uma grandiosa tapeçaria que, embora composta por fios diversos, se entrelaçam para formar algo belo e significativo.

Uma prática que pode significativamente enriquecer essa experiência é a discussão grupal sobre o que cada um considera essencial dentro da escatologia. Envolva-se em conversas com familiares, amigos ou colegas de fé. Perguntas como "O que significa para você a promessa do retorno de Cristo?" ou "Como você percebe as profecias do Apocalipse influenciando seu cotidiano?" podem abrir portas para a compreensão e edificação mútua. Mantenha-se sempre atento: a respeitosa troca de ideias é chave para o crescimento espiritual.

Encerramos esta reflexão com um chamado à humildade e à ação. Ao nos lançarmos nessa busca contínua pelo entendimento, que possamos nos aproximar das Escrituras com um espírito de curiosidade e abertura. O conhecimento é uma viagem, e, como tal, não deveríamos temer as perguntas que nos guiam. Afinal, em Provérbios 2:6 está escrito: "Porque o Senhor dá sabedoria; da sua boca é que vem o conhecimento e o entendimento."

Incentivo você a buscar mais sobre o que a escatologia pode oferecer para sua vida, de forma prática e espiritual. Estude as Escrituras, participe de grupos de estudos e torne-se um aprendiz do que o sagrado comunica. Ao cultivar uma abordagem investigativa, permitimos que a verdade viva de Deus flua através de nós, revelando não apenas o que está por vir, mas também o que podemos fazer para que o "Reino" se manifeste já neste mundo.

Uma das práticas que podem ajudá-lo nesse processo é manter um diário espiritual. Nele, você poderá registrar suas reflexões sobre as Escrituras, suas inquietações e as verdades que emergem a partir da leitura e diálogo com os outros. Esse exercício permitirá que você alinhe sua perspectiva escatológica com sua experiência de fé e, assim, construa um legado que inspire outros a se aprofundarem em sua própria jornada espiritual.

Portanto, que este capítulo sirva como um espaço de estímulo à sua reflexão e ao diálogo, em que cada um possa contribuir para a construção de um entendimento mais profundo e robusto sobre o futuro que aguardamos juntos. Que a paz de Deus inunde seus corações e mentes à medida que exploramos essas verdades eternas.

Capítulo 10

A Relevância das Revelações Hoje – Um Chamado à Ação

O mundo contemporâneo, mergulhado em incertezas e desafios palpáveis, clama por vozes que ensinem e inspirem a esperança. As revelações do Apocalipse vão muito além de previsões enigmáticas sobre o fim dos tempos; elas são antídotos para a ansiedade e o desespero que muitos enfrentam no cotidiano. Este capítulo é um convite para refletir sobre a relevância dessas mensagens sagradas em nossa vida atual, iluminando o caminho que trilhamos a cada dia.

Ao olharmos para as Escrituras, somos lembrados de que cada revelação carrega consigo um potencial de transformação. Não se trata apenas de descrições de eventos futuros, mas de uma instrução prática sobre como viver em harmonia com os princípios divinos, trazendo à tona a necessidade de ação em nosso contexto social. Em meio a uma sociedade marcada por divisões e conflitos, a sabedoria das revelações apocalípticas se desdobra como uma chamada à unidade e ao amor em nossas comunidades.

As histórias de indivíduos e grupos que, ao se depararem com as verdades do Apocalipse, decidiram mudar suas vidas e impactar positivamente seu entorno são abundantes. Muitas pessoas encontraram conforto e direção nas promessas de restauração e justiça, transformando experiências de dor em exemplos de superação. Um exemplo notável é o de comunidades que se uniram após desastres naturais, motivadas pela mensagem de esperança e renovação que as Escrituras oferecem. Elas começaram a trabalhar juntas, não apenas para reconstruir fisicamente, mas para se tornar um farol de apoio e compaixão em meio ao caos.

Essas ações não são meros reflexos do sofrimento humano, mas expressões vivas da fé em ação. Quando nossas comunidades se tornam agentes de transformação, com base nos princípios apocalípticos, estamos não apenas vivendo à luz dessas verdades, mas estabelecendo um legado que ressoará por gerações. Cada ato de bondade, cada empatia demonstrada, cada passo em direção à justiça, são explosões de luz num mundo que, por muitas vezes, parece mergulhado na escuridão.

A questão que se coloca é: como podemos, individualmente e coletivamente, aplicar esses ensinamentos em nossas vidas diárias? Um primeiro passo é refletir sobre nossas práticas espirituais. Que tal criar um espaço exclusivo em sua rotina para meditar sobre esses ensinamentos? A prática da meditação contemplativa, que busca entender e integrar a mensagem do Apocalipse, pode nutrir um coração mais sensibilizado e misericordioso, ajudando-nos a ouvir a voz do Espírito em meio à agitação do dia a dia.

Além disso, o envolvimento em ações sociais se torna um pilar fundamental para garantir que a fé no Apocalipse não permaneça nas páginas de livros, mas ganhe vida nas ruas, nas escolas e nas instituições de nosso cotidiano. Que tal desenhar planos de ação social baseados nos princípios da justiça, compaixão e amor ao próximo? Pequenos passos, como arrecadar alimentos ou promover eventos comunitários de conscientização, transformam-se em grandes movimentos quando realizados em unidade e amor. Isso é aguardar a vinda de Cristo.

Convido você a se desafiar: durante a próxima semana, reserve momentos para refletir sobre como pode integrar as mensagens apocalípticas na prática mínima de sua vida. Seja um gesto de solidariedade para com o próximo ou um gesto de amor que você possa oferecer a quem precisa. Ao fazer isso, você estará não apenas colocando a fé em ação, mas inspirando outros a seguirem o mesmo caminho.

As revelações do Apocalipse têm o poder de iluminar não apenas os caminhos do futuro, mas ajudar a moldar a nossa realidade presente. Que neste capítulo você descubra que cada ensinamento é um convite à transformação, à esperança e a um compromisso renovado com a vida, claro e vibrante no amor e na ação, que podem emergir da fé.

Nesse contexto, reafirmamos que as revelações não são meras previsões de um futuro distante, mas sim guias preciosos para a prática de uma fé ativa, engajada e transformadora. Portanto, ao caminhar pelas páginas deste capítulo, que você possa carregar consigo a reflexão necessária para que a escatologia não apenas informe, mas impacte e radicalize a sua jornada de fé e vida.

Integrar os ensinamentos apocalípticos na vida diária é um convite poderoso para todos nós. Com o mundo em constante mudança e repleta de desafios, a sabedoria contida nas Escrituras apocalípticas oferece não apenas consolo, mas um caminho prático para agir. Cada ensinamento, longe de ser uma previsão distante, emerge como um farol que nos orienta em nossa jornada pessoal e coletiva.

Primeiramente, a prática espiritual é essencial nesse processo. Um passo significativo é a meditação diária sobre as Escrituras, que pode transformar nossas mentes e fortalecer nossa fé. Estabelecer um tempo específico todos os dias para buscar a Deus em oração e reflexão não apenas nos conecta mais profundamente com a palavra, mas também nos prepara para enfrentar as dificuldades diárias com a coragem e a graça que brotam da confiança no Senhor.

Uma prática simples, porém poderosa, é usar a técnica do diário espiritual. Escrever as inspirações e reflexões que surgem durante a meditação pode revelar *insights* que, muitas vezes, passam despercebidos em meio ao tumulto diário. Essa escrita se torna um espelho, refletindo nosso crescimento e ajudando a clarear nossas intenções espirituais. Quando revelamos nossas lutas e conquistas no papel, somos capazes de observar padrões e aprender com eles.

No nível social e ético, o engajamento nas causas que estão alinhadas aos ensinamentos apocalípticos é crucial. Nós, como cristãos, temos o dever de ser agentes de mudança. Cada um de nós possui um papel a desempenhar na construção de comunidades mais justas e solidárias. Um ponto de partida pode ser a nossa rede social ou mesmo grupos da nossa igreja. Um chamado à ação como esse pode fomentar oportunidades para alimentar os famintos, acolher os marginalizados e defender os direitos dos oprimidos. Ao adentrarmos nesse espaço, lembramos que não estamos sozinhos; a Igreja, a verdadeira comunidade de fé, é composta por indivíduos que juntos respiram e praticam a esperança.

Importante ressaltar que a ação social também pode ser uma prática espiritual. Não precisamos esperar por momentos grandiosos para agir. Cada pequena ação de bondade é um reflexo da nossa fé e pode se multiplicar, cada esquina é um campo missionário atingindo corações e mentes de maneiras que nem sempre conseguimos prever. Muitas vezes, é nesse gesto simples, como ajudar um vizinho ou oferecer palavras de encorajamento a alguém que atravessa uma fase difícil, que se encontra a verdadeira essência da mensagem escatológica.

Para manter ainda mais nossa conexão prática com os ensinamentos apocalípticos, podemos considerar a realização mensal de encontros comunitários. Ali, os participantes podem compartilhar histórias e experiências de como a escatologia tem direcionado suas vidas e suas ações. Esses encontros não apenas constroem laços, mas inspiram outros a agir também, à medida que nós recolhemos relatos de superação e transformação.

Ao pensarmos nessas diretrizes, que sejam elas um impulso para nos movermos não apenas em reflexão, mas em ação. Este é um momento de clamar por uma compaixão ativa, por um amor que se traduz em práticas que transformem a sociedade ao nosso redor. À medida que avançamos, que possamos sempre nos lembrar de que as revelações do Apocalipse não são apenas sobre o que está por vir, mas sobre o que somos chamados a ser e fazer hoje.

Por fim, encerro este trecho com um desafio a você, caro leitor: una-se à ação. Como você pode transformar o que aprendeu em lições práticas em sua vida? Reflita, medite e logo se atire nas águas da ação, porque é no movimento que a fé realmente se revela e se torna viva. Que seu coração se encha de coragem e que cada passo seja um reflexo da esperança que ao longo deste livro buscamos compartilhar.

O conceito de escatologia, tratado neste capítulo, nos leva a uma jornada de reflexão e transformação. As revelações apocalípticas não apenas nos preparam para o que está por vir, mas também nos desafiam a agir agora. Esse é um chamado à ação, uma convocação para nós, como comunidade de fé, unirmos forças em solidariedade e amor.

A importância do diálogo emerge como um dos pilares fundamentais para uma prática cristã autêntica. Participar de discussões abertas sobre escatologia não é apenas um exercício intelectual, mas uma oportunidade de estabelecer conexões significativas. À medida que partilhamos nossas crenças e experiências, aprendemos a respeitar as diferentes perspectivas que habitam nossas comunidades, permitindo que essa diversidade nos enriqueça espiritualmente.

Convido você a buscar um grupo de estudos ou um círculo de oração em sua igreja. Nessas reuniões, o espaço é propício para debates e discernimentos coletivos em que os temas escatológicos podem ser debatidos à luz dos desafios enfrentados no presente. Questões como "Como as promessas do Apocalipse podem nos guiar em nossos dias atuais?" e "De que maneira podemos ser agentes do Reino de Deus agora?" podem servir como pontos de partida para reflexões profundas.

Outra prática rica é a do diário espiritual. Registre suas interpretações das Escrituras, tenha um espaço reservado para anotar *insights* sobre os ensinamentos que emergem das letras sagradas e suas aplicações na vida cotidiana. Ao olhar para trás, ao final de cada trimestre, você poderá ver uma caminhada de crescimento, um testemunho vivo de suas lutas e superações à luz da escatologia.

Além disso, que tal compartilhar suas experiências nas redes sociais? Use-as para inspirar outros a refletirem sobre como podemos viver à luz dos ensinamentos de Deus. Uma postagem simples, em que você menciona como um versículo lhe trouxe paz em um momento de turbulência, pode ressoar em corações que precisam de encorajamento. Tal como 2 Coríntios 1:4 nos diz, "Ele nos consola em todas as nossas tribulações, para que possamos consolar os que atravessam qualquer espécie de tribulação."

Nutre-se assim a ideia de que, ao compartilhar, se fortalece a comunidade e se traz luz àqueles que precisam. O ensinamento apocalíptico não é só uma meta no horizonte; é uma verdade para ser vivida todos os dias. Que neste momento você reconheça seu papel vital nessa teia de fé compartilhada. Ao explorar suas experiências e *insights*, estará colaborando para que juntos possamos ampliar o entendimento do que o Senhor nos revelou.

Nesse sentido, não hesite em buscar apoio ao se sentir perdido ou confuso em relação à sua jornada espiritual. Conversar com pastores, mentores ou amigos de fé pode proporcionar clareza e auxílio em momentos de incerteza. Lembre-se de que as crises muitas vezes são corredores para um crescimento fenomenal, permitindo que uma nova vida emerja debaixo da dor.

Por fim, finalizamos esta sessão com um encorajamento: seja a luz que aponta o caminho para outros. A prática da escatologia é um chamado tanto ao autoconhecimento quanto à solidariedade. Que possamos viver cada dia como se o retorno de Cristo fosse hoje não apenas esperando esse momento, mas vivendo à altura das promessas divinas aqui e agora.

Sejamos ousados, amorosos e dispostos a expressar nossa fé em ações concretas. Com isso, cada um de nós pode contribuir para a construção de um futuro repleto de esperança, guiado pela luz reveladora das Escrituras.

Quando refletimos sobre a relevância das revelações apocalípticas na vida contemporânea, é impossível ignorar o convite profundo que cada uma delas nos faz para agir. As mensagens contidas nessas páginas não devem ser vistas como simples previsões do futuro, mas como bússolas que nos orientam em nossos comportamentos e decisões diárias.

Desde que a sabedoria contida nas escrituras começou a se espalhar, muitos indivíduos encontraram nas palavras do Apocalipse não apenas consolo, mas também coragem. As histórias de transformação e renovação estão repletas de exemplos inspiradores. Pense naquelas comunidades que se uniram após catástrofes naturais; pessoas de fé se destacaram como forças de apoio, sendo guiadas pela esperança de que a restauração é sempre possível. Essas experiências não são meras coincidências; elas falam de um chamado mais alto, que permite que até os momentos de crise gerem frutos duradouros de cura e solidariedade.

Contudo, há um desafio transformador presente nessa mensagem: como podemos, pessoal e coletivamente, aplicar as lições do Apocalipse? Um passo prático é cultivar uma prática espiritual pessoal. Reserve um espaço em sua rotina, em que a meditação e a reflexão sobre as escrituras possam se tornar parte do seu dia a dia. Um simples exercício diário pode nutrir um coração aberto, disposto a escutar e agir de acordo com os princípios de amor, justiça e compaixão.

O engajamento em ações sociais é igualmente vital. Pense em maneiras de trazer a ética escatológica para a prática. Sua comunidade precisa de vozes que se levantem contra as injustiças, e você pode ser uma dessas vozes. Realize campanhas de arrecadação, envolva-se em projetos comunitários ou até mesmo comece um grupo de estudos em que se discutam temas relevantes relacionados às revelações, em que cada gesto conta. E quando somados, podem fazer uma diferença significativa.

Outra forma poderosa de integrar esses ensinamentos no cotidiano é por meio do diálogo. Busque grupos de estudo, ou comece conversas significativas com amigos sobre esses temas. Questões como “De que maneira podemos ser agentes de mudança em nossas comunidades?” ou “Qual a esperança que as revelações trazem para nossas vidas atualmente?" podem abrir portas para discussões enriquecedoras. O importante é sempre manter um espírito acolhedor e respeitoso, lembrando que a riqueza da fé está em sua diversidade.

À medida que nos aprofundamos nesses temas, torna-se claro que a escatologia não se limita ao que pode vir a ser no futuro, mas também abriga a sabedoria necessária para moldar nosso presente. A tradição das revelações nos convida a um comprometimento renovado com a vida em comunidade, um chamado à ação que é significativo e poderoso.

Agora, ao encerrarmos este capítulo, desejo que você leve consigo não apenas a reflexão, mas um compromisso ativo. Envolva-se na luta pela justiça social, pratique a compaixão e mantenha a fé viva em palavras e ações. As revelações apocalípticas têm potencial para transformar realidades e a essência de sua mensagem, longe de ser intimidante, é um convite caloroso a viver em esperança, hoje e sempre. O futuro é moldado por nossas ações de agora; portanto, que atuemos com fé e coragem na construção de um mundo verdadeiramente melhor, guiados pela luz das promessas divinas.

Capítulo 11

O Futuro e Sua Promessa – Qual a Nossa Esperança?

A Promessa de Um Futuro Glorioso

Quando nos deparamos com as promessas contidas na Bíblia, especialmente nas revelações do Apocalipse, somos instigados a sonhar e a nutrir a ideia de um futuro glorioso. Esse não é um futuro distante, imune às lutas e às dificuldades que enfrentamos diariamente, mas uma promessa que, ao ser compreendida e internalizada, transforma nossas vidas a partir do presente.

As profecias bíblicas, que muitas vezes podem parecer enigmas, se revelam como guias de esperança. Elas nos são dadas como um alicerce, uma fundação sólida sobre a qual podemos construir nossas vidas. Ao meditarmos sobre essas verdades, especialmente as que trazem à tona a nova Jerusalém e a promessa do retorno de Cristo, somos levados a perceber que nossa jornada não se dá em um vácuo, mas sob o olhar e a direção de um Deus que nos ama profundamente.

Um dos trechos mais tocantes do Apocalipse descreve a nova criação: "E vi um novo céu e uma nova terra, pois o primeiro céu e a primeira terra passaram, e o mar já não existe." (Apocalipse 21:1). Esse versículo não apenas nos vislumbra um novo começo, mas também nos traz a certeza de que todo sofrimento e conflito que enfrentamos são temporários; no futuro, tudo será restaurado e feito novo. Essa renovação é uma promessa que nos dá ânimo para atravessar os desafios da atualidade com fé e resiliência.

Viver com essa certeza de um futuro glorioso implica uma mudança radical de perspectiva. Cada dificuldade enfrentada torna-se uma oportunidade de crescimento e aprendizagem. A esperança, então, não é um mero sentimento passivo, mas uma ativa determinação de agir de acordo com essa visão. Ela nos impulsiona a trabalhar em direção ao bem, a nos unir a nossos irmãos e irmãs em fé e a nos comprometer com a construção de um mundo melhor a partir de agora.

À medida que refletimos sobre a nova Jerusalém, nossos corações se enchem de expectativa. Esse lugar, descrito como deslumbrante e pleno de harmonia não é apenas uma utopia distante, mas um símbolo do que podemos buscar em nossas vidas diárias. Viver na expectativa desse futuro glorioso nos poderia levar a embelezar nosso presente com gestos de amor, compaixão e serviço.

Em nosso cotidiano, podemos aplicar essa esperança prática adotando uma mentalidade positiva. A expectativa de um futuro recheado de promessas deve ser a força que nos move a realizar atos de bondade. Desde ajudar um vizinho até se envolver em projetos sociais, cada ação conta e cumulativamente nos aproxima mais dessa visão divina.

Concluímos que as promessas bíblicas sobre o futuro devem se desdobrar em atitudes concretas hoje. A nova terra, prometida e prefigurada, é um chamado à ação. Que, nas interações diárias, possamos nos lembrar de que somos portadores dessas promessas, vivendo e espalhando a luz em meio à escuridão do mundo. Combater o desespero e a solidão, demonstrando amor e união, é um passo essencial para a realização do propósito manifesto em nossas vidas.

O futuro é brilho e esperança, e, ao fixarmos nossos olhos nas promessas de Deus, caminhamos em segurança e alegria, certos de que cada passo na fidelidade nos conduz à plenitude que tanto desejamos.

A expectativa e a ansiedade positivas sobre o retorno de Cristo são temas que se entrelaçam com a vida cotidiana dos crentes. Nesse contexto, devemos considerar a força que a esperança da vinda de Cristo representa em nossas vidas, transformando a maneira como enfrentamos os desafios diários. A espera, longe de ser uma mera passividade, é um convite à ação que nos incentiva a viver de forma plena, realizando nossas responsabilidades enquanto aguardamos com expectativa.

Quando contemplamos a natureza do "final dos tempos", percebemos que essa realidade não é apenas uma constatação de eventos pontuais; é um entendimento profundo de que a história claramente aponta para a intervenção divina. Esses sinais, conforme descritos nas Escrituras, são indícios de que algo grandioso está em andamento. A percepção desses eventos deve nos motivar a sermos vigilantes, preparados para reconhecer a presença de Deus em meio à agitação do mundo. A transição que ocorre em nossos corações quando ouvimos falar sobre o retorno de Cristo não é só uma inquietação sobre o que virá, mas um chamar para nos aperfeiçoarmos e crescer em fé.

Esse crescimento é fundamental, pois se reflete na forma como agimos em nosso dia a dia. Para abraçar essa expectativa ativa, devemos considerar o que significa viver à luz da esperança de Cristo. A resposta talvez resida em pequenas, mas significativas, maneiras de refletir essa expectativa nas ações cotidianas. Podemos, por exemplo, nos envolver em atividades que promovam a paz e a justiça em nossas comunidades. Fazer do amor e da compaixão nossos guias é a melhor maneira de preparar o terreno para a vinda de nosso Senhor.

Além disso, essa expectativa pode se manifestar em um comportamento altruísta, que ultrapasse os limites do egoísmo cotidiano. Quando tratamos o próximo com gentileza, contribuímos para o despertar de uma consciência coletiva de união. Esse sentido de comunhão é uma prática que devemos cultivar, assim como a oração constante em nossas vidas. Ao nos entregarmos a uma rotina de oração, não apenas fortalecemos nosso vínculo com Deus, mas também nos alinhamos com os planos dele para o mundo.

Ao refletirmos sobre a expectativa da vinda de Cristo, mais do que jamais, somos chamados a ser luz nas trevas. Cada ato de bondade pode ser um aceno de esperança em um mundo que, muitas vezes, caminha afundado em desespero. E aqui reside uma verdade fundamental: não importa quão escura a noite possa parecer, mesmo a menor chama pode iluminar o caminho.

Exemplos práticos para esse comportamento não faltam. É a vida de um crente que, ao olhar para sua cidade repleta de desigualdades, decide agir. O que isso quer dizer em termos práticos? Pode significar liderar um projeto social ou simplesmente ser um voluntário em um abrigo. Cada passo dado com a certeza de que estamos todos sob a mesma luz promissora sinaliza que a vinda de Cristo não é algo que apenas ansiamos, mas um potencial que podemos de fato trazer à realidade ao vivermos em retidão e fé hoje.

Então, que a expectativa da vinda de Cristo torne-se nossa motivação para fazer o bem, nosso impulso para a edificação de um mundo modelo. E ao unirmos nossas vozes, nossos trabalhos e nossas esperanças, que possamos ser testemunhas vivas do que é moldar um futuro que resplandece com a promessa divina. É nessa expectativa pacífica, e ao mesmo tempo vibrante, que encontramos a verdadeira essência da alegria na espera.

Aprendamos a ressoar com essa verdade: a volta de Cristo é cada dia por vir, e é na esperança que encontramos a força para atuar nos dias de hoje. Assim, viver à luz dessa expectativa não apenas nos prepara, mas também abençoa e transforma o ambiente ao nosso redor, criando uma realidade mais merecedora do amor que um dia reinará em plenitude.

A esperança que emana das promessas divinas tem o poder de transformar vidas, revelando-se como um motor para mudanças significativas tanto em indivíduos quanto em comunidades inteiras. Em muitas histórias que ouvimos ao longo da vida, encontramos exemplos inspiradores de pessoas que, ao crer nas promessas de um futuro glorioso, conseguiram superar adversidades e inspirar outros a também acreditar.

Pensemos em comunidades que se uniram após desastres naturais. O que inicialmente poderia ser considerado um abalo irreparável se tornou uma oportunidade para agir com esperança. Vários relatos nos mostram que indivíduos que compreenderam a mensagem de que tudo pode ser renovado, como o ensinamento da nova Jerusalém, decidiram se unir, trabalhar e criar um novo amanhã. Esses atos de solidariedade não são apenas frutos de desespero; são expressões vivas da fé, que se traduzem em ações concretas.

Estudos demonstram que a expectativa de um futuro promissor pode elevar não apenas o ânimo de quem espera, mas também criar um efeito cascata em toda a comunidade. Em muitas congregações, vemos grupos que fazem do ativismo social uma extensão de sua fé. Essa prática não é mera ação isolada, mas um reflexo profundo do amor que abunda em cada coração que espera na Palavra.

Quando aprofundamos o papel da esperança em um futuro prometido, notamos que esta não é um mero desejo, mas uma força propulsora que move as pessoas a sair de sua zona de conforto e buscar a mudança. Historicamente, em tempos de crise, as pessoas se mobilizam para agir. Ao olharmos para as Escrituras, encontramos referências que nos incentivam a ser agentes de transformação, vivendo a escatologia como uma verdade ativa no agora, Ele vem.

Em comunidades ao redor do mundo, histórias de pessoas que se envolveram no ativismo social e se tornaram faróis de esperança estão se multiplicando. Elas não apenas proclamam as promessas de um futuro glorioso, mas também ativamente se empenham para que essa visão se torne realidade. Esse chamado à ação é a essência do que significa esperar na fé. A prática da solidariedade emerge como um ato de resistência contra a desesperança.

Cultivar essa esperança requer práticas espirituais que nutram a vida da fé. Oração, meditação e reflexão sobre as promessas de Deus devem se tornar hábitos diários. Quando dedicamos tempo para nos conectar com o divino, nossa resiliência aumenta e a capacidade de acreditar em um futuro transformador se solidifica. Assim, cultivamos um solo fértil para que as sementes de mudança germinem em nossos corações e se espalhem por onde formos.

E, à medida que continuamos a cultivar essa esperança ativa, somos chamados a ser luz no mundo. Cada pequeno gesto, cada ação inspirada pela fé, é uma afirmação do que está por vir. Não se trata apenas de esperar por algo grandioso, mas de trazer à existência a grandiosidade em nosso cotidiano.

A visão da nova criação deve nos impulsionar a vivermos de maneira que reflita essa esperança. Senão, como podemos esperar um futuro glorioso se não agimos conforme os ensinamentos que moldam essa realidade? Que, então, a esperança em um futuro melhor nos guie, não apenas nas palavras, mas em cada um de nossos atos, pois é lá que a transformação começa realmente.

Sejamos catalisadores de mudança e instrumentos de amor, permitindo que a esperança que temos por um futuro glorioso se traduza corretamente em ações significativas em nossas vidas e nas vidas daqueles que nos cercam. Vivendo com essa expectativa, tornamo-nos não apenas participantes de uma narrativa inscrita nas Escrituras, mas verdadeiros autores de histórias de transformação e esperança.

A esperança em um futuro glorioso sempre esteve no centro da mensagem divina, um convite à ação que não se limita apenas ao amanhã, mas que ressoa vigorosamente no presente. Cada um de nós é convocado a viver com a plenitude dessa expectativa, não esquecendo que as promessas contidas nas Escrituras pedem ações concretas de nossa parte. A escatologia nos ensina que devemos ser construtores do Reino de Deus já aqui na terra, transformando nossa realidade diária em reflexo daquilo que se espera na eternidade.

Enquanto aguardamos a realização das promessas, é fundamental que não nos tornemos inertes. A boa nova é uma chamada à responsabilidade, que nos instiga a agir em meio às dificuldades e às injustiças que nos cercam. Precisamos ser os agentes da transformação, utilizando o tempo presente para promover o amor, a justiça e a compaixão. Cada gesto de bondade, cada palavra de encorajamento, se junta à grande obra que Deus está realizando em nós e por meio de nós.

Um aspecto vital dessa prática é a comunidade. A união entre os crentes não é apenas uma forte rede de apoio mútuo, mas também uma força potente que empodera ações coletivas em busca do bem comum. Quando nos unimos para construir um futuro melhor, seja em nossos lares, em nossas igrejas ou em nossos terrenos coletivos, estamos encarnando as promessas de Deus. Cada pequeno projeto social que idealizamos, cada encontro de oração que promovemos, são sementes que brotam com a esperança de um amanhã melhor.

É um esforço conjunto, em que reconhecemos nossa profunda interconexão como irmãos e irmãs na fé. Assim como o corpo precisa de todas as suas partes para funcionar plenamente, a comunidade de fé precisa do envolvimento ativo de cada indivíduo para manifestar a plenitude do amor e da justiça de Deus. Portanto, cada um de nós deve buscar a maneira mais eficaz de contribuir, seja com talentos, habilidades ou recursos, para inundar o mundo ao nosso redor com a luz da esperança.

Viver com esperança ativa nos fornece uma nova visão sobre o que nos acontece no presente. Cada desafio enfrentado recebe um novo significado quando vemos através da lente das promessas divinas. Dificuldade, dor e frustração não são apenas passagens obrigatórias na vida; são oportunidades de nos fortalecer e evoluir. Há uma força inestimável em saber que os desafios não nos definem, mas antes servem como forjadores de nosso caráter.

Então, ao olharmos adiante, que possamos nos lembrar continuamente das promessas do Senhor. Que tenhamos sempre em mente que nossa esperança não é vazia, mas repleta de possibilidades reais que demandam de nós ação, união e amor. Com isso, podemos nos comprometer a não apenas sonhar com um futuro glorioso, mas a trabalhar incansavelmente para que ele se manifeste na realidade de nossa vida e na vida de aqueles que nos rodeiam.

E ao encerrar este capítulo, um convite: levante-se e aja, mova-se com fé, espalhe esperança e amor em cada oportunidade. O futuro que desejamos começa agora, com passos seguros na direção da realização daquelas promessas eternas. Leve essa esperança em cada interação, transforme o mundo ao seu redor e reconheça o impacto de cada pequena ação. O futuro, repleto de promessas gloriosas, aguarda todos nós, e as portas para ele são abertas mediante nossas ações no presente.

Capítulo 12

Encerramento – Caminhando em Fé diante do Desconhecido

Reflexão sobre a Jornada Espiritual

Ao chegarmos ao final desta jornada, é essencial revisitar os principais aprendizados que ao longo deste livro se desdobraram, tecendo um fio de esperança e amor que nos conecta a todos. Abrimos os olhos para a grandeza da esperança, quebramos as correntes da descrença e acolhemos a luta espiritual como um terreno fértil para o nosso crescimento. Cada capítulo aqui se revelou como uma parte intrínseca de um todo maior, formando uma rica tapeçaria da experiência cristã.

Nesse caminho, percebemos que a igreja não é feita apenas de paredes e bancos, mas de cada um de nós, unidos pela força da fé. Ao falarmos sobre a nova Jerusalém, entendemos que essa cidade de luz e amor não é só um sonho distante; ela vive em nossos corações e se manifesta nas nossas ações cotidianas. Exemplos de fé e coragem que encontramos nas páginas das Escrituras nos motivam a agir, a ser agentes da mudança que tanto desejamos.

As histórias de superação, as lutas travadas por nossos antepassados na fé são lições que reverberam e ressoam em nossas vidas. Cada prova enfrentada e cada pequeno milagre experimentado nos lembraram de que nossa caminhada é não apenas sobre nós mesmos, mas sobre a coletividade do corpo de Cristo, alinhada em unidade e amor.

Nesse momento, avalie sua própria jornada. Quais momentos se destacam como de superação? Quando conseguimos olhar para o nosso próximo com a compaixão que as Escrituras ensinam? É no cotidiano que nossa fé ganha vida, e cada escolha amorosa contribui para o avanço do Reino. Como podemos todos, juntos, trabalhar para que a esperança se concretize na realidade que desejamos?

Muitos de nós temos dúvidas, e isso é humano. A fé nunca foi sobre a ausência de incertezas, mas sobre a coragem de continuar caminhando apesar delas. Por isso, ao fecharmos este livro, que possamos levar em nós a certeza de que a fé pode florescer, mesmo em solo árido. É preciso estar alimentada pelos ensinamentos, pela oração, pela meditação e pela comunhão com os irmãos.

Cada dia é uma nova oportunidade para aplicar o que aqui aprendemos. Que possamos nos lembrar de que a esperança não é um sentimento passivo, mas uma ação constante. Portanto, deixemos que as promessas de Deus sejam a luz que nos guia, levando-nos a um futuro repleto de bênçãos. Caminhar em fé diante do desconhecido não significa errar objetivo, mas lançar-se no desconhecido com a certeza da presença divina ao nosso lado.

Que, enfim, possamos nos comprometer a agir com responsabilidade, incorporando a mensagem de amor e fé em cada aspecto de nossas vidas. Portanto, ao encerrarmos, façamos um pacto para seguirmos juntos nessa jornada, em espírito de união, alegria e fé. Lembremos: a verdadeira luz está na esperança que se traduz em ações; e quando seguimos adiante na consciência de que somos parte de algo maior, a transformação seguirá.

Deus tem coisa grande para nos entregar e a nossa fé é a ponte que liga o presente ao futuro glorioso que esperançamos. Que assim seja.

A fé é uma âncora em tempos de incerteza, é o que nos mantém firmes quando tudo à nossa volta parece estar em caos. Para muitos, a dúvida não é um sinal de fraqueza, mas uma parte intrínseca da experiência humana que nos ensina a valorizar cada passo dado com confiança. Quando enfrentamos tempestades emocionais ou espirituais, somos desafiados a olhar para além do horizonte visível e a confiar em um propósito maior, que muitas vezes se revela em nosso caminhar.

Considere a vida de Abraão, que seguiu a voz de Deus sem entender plenamente o que o aguardava. Ele foi chamado a deixar sua terra natal e a se dirigir a um lugar desconhecido, onde se tornaria uma grande nação. Os desafios impostos a ele, como a promessa de um filho em sua velhice e a entrega de Isaque como um ato de fé, revelam a profundidade de sua confiança em Deus. Essa história bíblica ressoa em muitas de nossas vidas, em que somos frequentemente chamados a dar passos de fé em direção ao desconhecido. E, ao fazermos isso, encontramos coragem e força que não sabíamos que possuíamos.

Muitos de nós se deparam com situações que testam nossos limites. O que é preciso lembrar é que a fé não é a ausência de dúvidas, mas a decidida escolha de continuar avançando, mesmo quando não se vê o caminho à frente. Assim como Pedro, que, ao caminhar sobre as águas, iniciou sua jornada com confiança, mas, ao olhar para os ventos e as ondas, começou a afundar. Ele clama por ajuda, e encontra a mão de Jesus pronta para levantá-lo. Nas nossas vidas, essa cena se repete. Ao nos concentrarmos na tempestade e nos afastarmos da verdade que está mais profunda, podemos facilmente esquecer que sempre há um caminho de volta, uma mão estendida que nos abraça na necessidade.

Na adversidade, a fé se torna o recurso que nos impulsiona a acreditar na possibilidade de mudança. É como um farol, iluminando a escuridão e guiando os navegantes em um mar agitado. O compromisso de manter a fé firme e viva traz transformação. Isso nos exorta a manter a esperança viva, mesmo quando tudo parece perdido.

Um exemplo contemporâneo é a vida de Nelson Mandela, que, mesmo em seus anos de cativeiro, nunca perdeu a esperança em seu sonho de liberdade e igualdade para seu povo. Sua determinação e fé o levaram a transformar não apenas sua vida, mas a história de uma nação inteira. Essa resiliência é um convite para todos nós; somos todos capazes de influenciar mudanças significativas ao permanecer firmes na fé, mesmo quando o caminho parece repleto de obstáculos.

Assim, que fiquemos atentos aos pequenos sinais de fé que florescem em nosso dia a dia. Nos momentos de desânimo, vamos lembrar que cada passo é um passo em direção ao cumprimento das promessas divinas. Enquanto caminhamos na incerteza, embalados pela esperança, devemos persistir em nutrir esse sentimento de fé, permitindo que se torne um estilo de vida. Com isso, nos tornamos não apenas indivíduos que aguardam passivamente um amanhã promissor, mas, sim, aqueles que, com coragem e determinação, trabalham ativamente para que esse futuro se concretize, transformando a fé em ações que impactam ao nosso redor.

Encorajo cada um a cultivar essa fé nos momentos mais difíceis, a transformá-la na força que nos move a agir. Não são apenas as grandes ações que contam, mas sim os pequenos gestos que, somados, ecoam eternamente na criação do todo. Que sejamos guiados pela certeza de que a luz da fé brilhará mesmo nas noites mais escuras, e que, ao nos unirmos nesse propósito, alcancemos não apenas um futuro glorioso, mas também um presente repleto de significado.

A caminhada da fé é um convite à ação responsável, um chamado que nos impele a transformar a esperança em manifestações concretas na vida cotidiana. Ao olharmos para as promessas do Senhor, devemos nos lembrar de que somos, de fato, agentes do Reino de Deus nesta realidade, e é nosso dever viver com um propósito, irradiando a luz da fé em cada atitude.

Às vezes, a fé pode parecer uma abstração distante, mas, na verdade, ela se concretiza em nossas ações diárias. Pense nas oportunidades que surgem a cada dia para servir ao próximo. Desde o simples gesto de dar um sorriso a um estranho até a dedicação a projetos sociais que visam transformar vidas, cada pequeno ato é um degrau rumo à materialização das promessas divinas.

Sermos participativos não só eleva nosso espírito, mas fortalece a comunidade em que estamos inseridos.

É vital que façamos um esforço constante para cultivar essa esperança, não apenas em um nível individual, mas também nas relações que estabelecemos. Conviver com pessoas que compartilham dos mesmos valores e sonhos é fundamental; é uma forma de criar uma rede de apoio mútua que impulsiona todos nós para mais perto de nossos objetivos. Portanto, que possamos refletir sobre nossas amizades e conexões. Quem são as pessoas que nos beneficiam na busca por um futuro melhor? Que essas relações se tornem uma fonte de encorajamento e força.

Ainda mais importante é manter uma prática diária de oração e meditação. Esses momentos íntimos com Deus são cruciais para renovar nossa fé e nos reabastecer de inspiração. Na quietude da oração, encontramos a sabedoria necessária para enfrentar os desafios que surgem em nosso caminho. E, quando colocamos esses exercícios em prática, em conjunto com a ação, começamos a visualizar como a fé se torna viva, pulsante e racional.

A prática da oração não só nos aumenta espiritualmente, mas garante que não caminhemos isolados nos desafios. Quando nos unimos, multiplicamos o impacto de nossas ações. Grupos de oração, estudos bíblicos e eventos comunitários são as ferramentas que nos permitem crescer juntos e a nos fortalecer mutuamente. Portanto, que possamos buscar e cultivar essa harmonia, criando laços que nos sustentem nas horas difíceis.

Como parte dessa jornada, temos a responsabilidade de educar e inspirar a próxima geração. Ao transmitirmos o legado da fé, cultivamos um futuro repleto de esperança e amor. Nossos filhos, irmãos e amigos devem ser encorajados a abraçar essa mesma verdade: a fé se traduz em ações que edificarão um mundo melhor. Se começarmos a plantar agora as sementes de amor e compaixão, experimentaremos uma colheita abundante mais adiante.

Em todos os momentos, lembremos que a centralidade de nossa caminhada está em Cristo. Ele é o modelo perfeito de como viver com propósito, ancorados na fé e guiados pelo amor. E, ao olharmos para o futuro, que possamos manter nossos olhos atentos às oportunidades de servir, amar e construir com esperança.

Portanto, ao fecharmos este capítulo, que sejamos instigados a procurar nossa própria voz de esperança em um mundo em constante mudança. O chamado à ação está em cada um de nós, e ir além do esperado, agir com fé em meio às incertezas, é a verdadeira essência da caminhada cristã. Que essa luz interna transmita o amor de Cristo a todos ao nosso redor, refletindo a verdadeira promessa de um futuro glorioso que nos aguarda.

A caminhada da fé é um processo contínuo, repleto de aprendizagens e revelações que se desenrolam ao longo da vida. À medida que refletimos sobre tudo o que aprendemos até aqui, é vital que entendamos que essa jornada não chega ao fim com o fechamento deste livro. Na verdade, o encerramento é apenas um novo começo. Cada um de nós é convidado a levar as lições aprendidas além das páginas, aplicando-as na vida cotidiana e permitindo que nossa espiritualidade se aprofunde de maneira significativa.

A fé não se limita a um momento ou a uma simples leitura. Ela se manifesta nas nossas decisões, nos nossos relacionamentos, e até mesmo nas pequenas ações que realizamos diariamente. A cada instante, somos chamados a vivê-la de forma autêntica, buscando um relacionamento genuíno com Deus e com nossos semelhantes. Esse caminho exige ousadia — que possamos ousar confiar, ousar agir e, acima de tudo, ousar amar.

Imagine-se como um farol de esperança neste mundo repleto de incertezas. As promessas divinas servem como lâmpadas que iluminam direções muitas vezes obscuras. Cada passo que você dá em fé aprofunda essa conexão com o divino e com aqueles que estão à sua volta. Por isso, ao fecharmos esse ciclo, que sejamos encorajados a acender essa luz em nossos lares, nossas comunidades e até mesmo onde não imaginamos ser necessário.

Além disso, nunca devemos subestimar a continuidade da aprendizagem. Muitas vezes, incorporamos os preceitos de Deus nas nossas vidas e, sem querer, podemos achar que já sabemos o suficiente. Mas aí é que está o truque! A jornada espiritual continua e nos propõe desafios e surpresas a cada dia. Olhe para sua interioridade com olhos curiosos e abertos, buscando entender mais sobre si mesmo e sobre a obra de Deus em sua vida:. A jornada é um convite à transformação constante, ao crescimento e ao amadurecimento espiritual.

É aí que entra a beleza da comunidade. Ao nos reunirmos com nossos irmãos na fé, não apenas trocamos experiências, mas também nos tornamos suporte uns para os outros. A união entre os crentes é um forte testemunho de que somos parte de algo maior, algo que transcende nossos anseios individuais. Portanto, seja em grupo ou sozinho, procure espaços onde essa fé possa ser praticada e vivida intensamente. Peça a Deus para lhe mostrar como você pode se envolver e fazer a diferença.

Esteja pronto para novos começos, sempre reconhecendo que cada final traz consigo um potencial infinitamente novo. A ideia de um futuro glorioso, que já abordamos diversas vezes, deve permear nossas mentes mesmo quando os desafios estiverem à espreita. Que sua esperança em Deus irrompa em alegria, trazendo luz aos lugares mais sombrios e espaço para renovação.

Finalmente, encerremos com uma reflexão gentil sobre o que significa para você caminhar em fé diante do desconhecido. Sua história é uma obra em andamento, e a cada página nova que viramos, uma nova possibilidade se apresenta diante de nós. Que a fé não apenas ilumine seu caminho, mas que, evidentemente, ela torne sua jornada cada vez mais brilhante. Caminhando juntos, celebrando cada passo como uma vitória, que mantenhamos a empolgação e o entusiasmo de quem está sempre pronto para o que Deus tem reservado.

Assim, ao finalizarmos este ciclo, que possamos juntos compor um futuro em união, amor e esperança, em que a caminhada da fé seja um guia constante em nossas vidas e em que cada dia se torne uma nova página escrita sob a caneta do Criador. Portanto, não tenhamos medo do desconhecido. Ele é o ide da nossa vida, uma oportunidade para moldar um futuro glorioso, e estamos todos nessa jornada, juntos.

Querido leitor,

Ao chegar ao final desta jornada pelas profundezas do Apocalipse e da escatologia, sinto-me emocionado por ter compartilhado com você estas reflexões e estes aprendizados. Cada capítulo escrito aqui é fruto da esperança de que, juntos, possamos encontrar propósito e significado em meio às incertezas da vida.

A revelação das promessas divinas, as lições extraídas das cartas às igrejas e a realidade da batalha espiritual que permeia nosso cotidiano nos convidam a viver de maneira intencional. A caminhada da fé não é isenta de desafios, mas é no enfrentamento dos problemas que encontramos a força e a coragem para perseverar. Que cada palavra aqui registrada inspire você a olhar para o futuro com expectativa, mas também a agir no presente com determinação e amor.

Aqui, desejo que você sinta a importância de se manter conectado com a sua comunidade de fé, de compartilhar suas dúvidas e vitórias, e de testemunhar a esperança que encontramos em Cristo. Que a palavra de Deus reverbere em seu coração, movendo-o a ser um agente transformador, a semear fé e amor nos lugares que você habita.

Por fim, lembre-se: a jornada de fé continua. Cada novo amanhecer é uma oportunidade de recomeçar, de se aprofundar nas verdades espirituais e de brilhar a luz de Cristo neste mundo tão necessitado. Que sua vida seja um reflexo da graça, e que cada passo dado seja acompanhado pela certeza de que não estamos sozinhos nessa jornada.

Com um coração agradecido e uma oração fervorosa
pela sua caminhada espiritual,

Teólogo Gledson Johnny Claudino Dias.